KB271714

오늘의 중국인 일상을 엿볼 수 있는
– *에스페란토 초보자용 읽기 책*

Speciala premio
특 별 상

왕 샤오훼이(王笑非)외 28명 지음

특별상(에·한 대역)

인　쇄: 2024년 11월 8일 초판 1쇄
발　행: 2024년 11월 15일 초판 1쇄
지은이: 왕 샤오훼이(王笑非, Wang Xiaofei)외 28명
옮긴이: 장정렬(Ombro)
펴낸이: 오태영(Mateno)
출판사: 진달래
신고 번호: 제25100-2020-000085호
신고 일자: 2020.10.29
주　소: 서울시 구로구 부일로 985, 101호
전　화: 02-2688-1561
팩　스: 0504-200-1561
이메일: 5morning@naver.com
인쇄소: TECH D & P(마포구)

값: 12,000원
ISBN: 979-11-93760-19-2(03890)

오늘의 중국인 일상을 엿볼 수 있는
– 에스페란토 초보자용 읽기 책

Speciala premio
특 별 상

왕 샤오훼이(王笑非)외 28명 지음
장정렬(Ombro) 옮김

진달래 출판사

원서

Titolo : Speciala premio
Aŭtoro : Wang Xiaofei kune 28 verkintoj
Eldonjaro : 1991
Urbo : Pekino, Ĉinio
Eldoninto : Ĉina esperanto-eldonejo
Paĝoj : 117

목차(Enhavo)

WANG XIAOFEI

Speciala premio

Kelkajn tagojn post mia foresto pro kunveno, iu de mia butiko skribis al mi: "Yang Li de la fako de vestoj estas tiel arbitra, ke ŝi vestas sin per manĉura robo de la butiko kaj eĉ iras hejmen surhavante ĝin..." Do tuj post la finiĝo de la kunveno mi hastis al la butiko antaŭ ol hejmeniri.

Yang Li estas ĉiam ŝike vestita. Nun ŝi eĉ portas sur si robon de la butiko... Ho, ĉagrena manĉura robo! En la lasta monato mi vizitis la provincan ĉefurbon kaj aĉetis tie cent manĉurajn robojn, aŭdinte de aliaj, ke ĉi-somere furoros tia robo. Sed ekster mia atendo, virinoj en mia urbo ne havis la kuraĝon de grandurbanoj, kaj neniu robo estis vendita en pli ol 20 tagoj. Kaj pro tio leviĝis ironio: "Ĉu nia malgranda urbo povas esti komparata kun granda urbo?"

Antaŭ la vendotablo de vestoj Yang Li estis

interparolanta kun klientino. Mi tuj trovis, ke la robo sur ŝia korpo ĝuste estas aĉetita de mi en la provinca ĉefurbo.

"La vesto bonege sidas sur vi," diris la klientino.

"Ĉu vere?" Yang Li turnis sin por plene montri la veston al la klientino. "Ĉu ĝi bone sidas? Ĉu ĝi estas bela?"

"Ĉu vere vi jam ne havas eĉ unu tian robon por vendi al mi? Do mi mendu ĉe vi."

Rigardante al la foriranta klientino, mi ekdubis en mi: "Kian ruzaĵon ŝi artifikas?" Notinte ion en sia kajero, Yang Li levis la kapon kaj ekridis al mi, kvazaŭ ŝi antaŭlonge rimarkis mian atenton. "S-ro direktoro, ĉu vi venas por enketi pri la robo? Mi scias, ke multaj en la butiko babilas pri mi."

Ŝia malkaŝemo konsternis min. "Oni diras, ke vi hejmeniras surhavante tiun robon."

"Jes, en la lastaj tagoj, surportante ĝin mi iris hejmen, rigardis filmon, trabutikis kaj iris ĉien kie multas homoj, kaj hieraŭ vespere en ĝi mi eĉ ĉeestis balon en la Junula Domo."

"...Sed kial ĵus antaŭe vi ne vendis al la klientino la robon?"

"Ĉu tion oni ne devas imputi al via malkuraĝo? Vi enaĉetis nur cent robojn, kaj kion mi povas vendi?"

Mi ne povis kredi al miaj oreloj: "Ĉu la roboj elĉerpiĝis?"

"La cent roboj jam elĉerpiĝis. Ne estas vere, ke nialokaj virinoj ne ŝatas belajn vestojn, sed mankas al ili iniciatanto. Vi vidu," Yang Li malfermis la plenplene skribitan kajeron al mi, "oni jam mendis pli ol 200 tiajn robojn, kaj nun estas via vico solvi la problemon, mia direktoro!"

Mi komprenis la tutan aferon. Mia koro estis plena de ĝojo kaj danko. Mi diris al ŝi: "Mi konfidu al vi la aĉeton de roboj en la provinca ĉefurbo, kaj vi tuj iru morgaŭ."

"S-ro direktoro, sen via permeso mi surportis la robon, kaj mi pagu por ĝi."

"Ne," mi senhezite mansvingis kaj diris: "La robo estu via, kiel speciala premio por vi!"

왕 샤오훼이

특별상

내가 운영하는 상점의 종업원 중 한 사람이, 내가 출장으로 며칠 자리를 비운 동안에, 다음과 같은 글을 보내왔다. "의복 매장 담당 여직원 양 리가 만주에서 제작해 보내온 판매용 옷을 제멋대로 입고는 심지어 그 옷을 입은 채 퇴근합니다." 그래서 나는 출장을 마치고 집으로 가지 않고, 그 매장으로 직행했다.

양 리는 언제나 의상을 세련되게 입고 다닌다. 그런데 이젠 상점 판매용 신상품 옷을 입고 다니다니... 아, 그 골치 아픈 만주산 옷! 올여름에는 만주산 옷이 히트를 크게 치리라는 말이 많아, 나는 그 성도(省都)[1]로 가서 만주산 옷을 100벌이나 구입해 왔다. 그런데, 기대와는 달리, 우리 도시 여성들은 대도시 사람들처럼 대담하진 못해, 구입한 지 20여 일이 지나도 그 옷을 한 벌도 팔지 못하고 있었다. 그래서 나는 '우리같이 이렇게

---

1) 성도(省都)는 중화인민공화국이나 베트남 등에서 행정구역인 성의 수도(首都)를 뜻한다.

소도시가 어찌 대도시와 비교할 수 있겠는가?' 하는 회의감을 가지고 있던 차였다.

양 리는 매대 앞에서 손님과 상담을 하고 있었다. 나는 그녀가 입고 있는 그 옷이 만주산 옷임을 단번에 알아차렸다.

"그 옷, 아가씨에게 잘 어울리네요."

손님이 양리에게 말했다.

"그래요?"

양 리는 자신의 옷매무새를 그 손님이 더 잘 볼 수 있도록 하며 말했다.

"잘 어울리지요? 예쁘지요?"

"내게 팔 옷이 정말 한 벌도 없다고요. 그럼 아가씨께 미리 한 벌 주문하지 뭐."

매장을 떠나는 손님을 바라보면서 나는 속으로 의구심이 더 생겼다. '이 아가씨가 도대체 무슨 술책을 쓰고 있는가?'

양 리는 노트에 뭔가를 적더니, 마치 벌써 알고 있다는 걸 알아차린 것처럼 고개를 들어 나를 보았다.

"사장님, 옷 판매 조사 나왔지요? 매장의 다른 직원들이 저에 대한 말이 많다는 걸 전 알고 있었어요."

나는 그녀의 거침 없음에 놀랐다.

"그래요. 양 리 양은 그 옷을 입은 채 출퇴근한다면서요?"

"그래요. 지난 며칠 이 옷을 입은 채 퇴근하고, 영화도 보고, 쇼핑도 했지요. 어제는 이 옷을 입은 채로 청소년 회관에서 열린 무도회에도 참석했지요."

"그런데, 왜, 자넨 그 손님에게는 그 옷을 팔지 않았지요?"

"왜 그걸 사장님의 소심한 탓이라고는 생각 안 하세요? 사장님이 겨우 100벌만 사 오셨는데, 어찌 제가 이 옷을 팔 수 있겠어요?"

난 내 귀를 믿을 수 없었다.

"그럼, 그 옷 100벌이 벌써 다 팔렸단 말인가요?"

"네, 100벌은 이미 팔렸어요. 우리 고장 사람들이 아름다운 옷을 좋아하지 않는다는 것은 사실이 아니더군요. 다만, 그들 중에 제일 먼저 사 입는 사람이 없다는 것이 문제이지요. 보세요."

양 리는 빼곡히 적힌 공책을 내게 보여 주었다.

"손님들이 벌써 200벌 이상 주문했어요. 자, 사장님이 이젠 문제를 해결할 차례군요."

이제야 나는 어찌 된 일인지 이해했다. 나의 마음은 기쁨과 고마움으로 가득 찼다. 나는 양리에게 이렇게 말했다.

"이제 양 리 양을 믿겠어요. 양 리 양이 그 만주산 옷을 직접 구매하러 한 번 다녀와요. 내일 당장 출발하도록 해요!"

"사장님, 사장님 허락 없이 제가 이 옷을 입고 다녔거든요. 그러니 이 옷은 제가 사겠어요."

"아니에요."

나는 황급히 손을 내저으며 말했다.

"그 옷은 양 리, 자네에게 주는 특별상이니, 그렇게 알아요."

Kies nepo?

En kabineto.

"Rigardu, kiel ĉarma bebo! La karbenigraj brovoj, longaj okulharoj, grandaj okuloj, skarlataj lipoj. Ha, estonte li certe havos belegan edzinon!" diris s-ro W frapetante la ŝultron de la bebo manĝanta pomon. "Diru al mi, kiel vi nomiĝas?"

"Mi nomiĝas Liu Yan," respondis la bebo montrante nenion da timemeco.

"Liu Yan? Kiel bela nomo!"

"Panjo diris, ke mia avo donis la nomon."

"Kiel dolĉa infano," s-ro W laŭdis, "kiel lerta lango, certe li fariĝos oratoro, sendube!"

"Kaj multe pli," la trikanta s-ino X metis la aluminiajn trikilojn en unu manon kaj etendis la alian manon por karesi la pufan vangon de Liu Yan. "Vi rigardu, kiel larĝa estas lia frunto. Vere simila al tiu de lia avo! Simple sako da saĝo! Mia kara, estu poste departementa estro, ĉu bone?"

"Ne, ne," Liu Yan tuj eksvingis la pufajn manojn enkrampantajn pomon, "departementan estron mi ne volas, mi estos komandoro, komandoro estas pli granda."

"Granda ambicio," aplaŭdis s-ro W, "posteulo superas la antaŭulon. Li meritas esti la nepo de la departementa estro Liu. Vidu, ne nur lia frunto, sed ankaŭ liaj du grandaj okuloj senmanke similas al tiuj de la avo. Kiel vi opinias?"

"Mi rigardu pli zorge," diris s-ino X kaj pli-proksimigis sin al Liu Yan. "Simila, kopie simila, simple el la sama muldilo."

"Kiom da jaroj vi havas, mia kara?" subite demandis s-ro W.

"Tri jarojn," senĝene respondis Liu Yan.

"Mirinde," tutan rozarion da komplimentoj eldiris s-ro W, "aha, mi trovis, ke la elstara glabelo de la bebo estas plej simila al la ava."

"Tute prave," s-ino X kontinuigis la komplimentadon, "li ja estas miniaturo de nia departementa estro Liu."

"Ne, mi ne estos departementa estro..." Subite Liu Yan vidis la enirantan departementan estron Liu kaj diris: "Avĉjo, mi volas esti komandoro!"

"Departementa estro Liu?" s-ino X kaj s-ro W

returnis la kapon kaj vidis, ke la departementa estro Liu jam sidiĝis.

"Liu Yan estas tre saĝa, same kiel vi," diris s-ino X.

"Liu Yan havas altan ambicion, same kiel vi," diris s-ro W.

"Ĉu la infano similas al mi?"

"Kompreneble, ne nur la penso, sed ankaŭ la aspekto tre similas al la viaj."

"Kaj la frunto, kaj la okuloj, kaj la nazo estas tre similaj al la viaj," konkure diris s-ino X.

"Via estra moŝto, nenio mirinda estas. Liu Yan similas al sia patro, kaj lia patro similas al vi, sekve la nepo similas al la avo," s-ro W rezonis nerefuteble,

"Sed... li estas infano de mia najbaro. Hodiaŭ liaj gepatroj havas pluslaboron kaj mi zorgas lin."

Kaj la buŝoj de s-ro W kaj s-ino X fariĝis la litero O!

까오 유총

누구의 손자

국장실에서였다.

"저 아이가 얼마나 귀여운지 좀 보세요! 숯처럼 까만 머리카락, 긴 속눈썹, 커다란 눈 하며 진홍색의 입술 하며. 아! 저 애는 앞으로 반드시 아주 참한 아가씨를 아내로 맞게 될 거요!"

사과를 먹고 있는 아이의 어깨를 쓰다듬어 주며 우 씨가 말했다.

"애야, 네 이름이 뭐니?"

"리우 얀."

전혀 두려움 없이 그 아이가 대답했다.

"리우 얀이라? 이름도 예쁘구나!"

"할아버지가 지어주신 이름이라고 엄마가 말했어요."

"귀엽게 생겼어." 우 씨가 칭찬했다. "말도 잘하네. 저 아이는 틀림없이 웅변가가 될 거야."

"더 훌륭한 사람이 될 겁니다."

뜨개질하던 아주머니가 알루미늄 뜨개바늘을 다른 손에 쥐고서, 한 손으로 리우 얀의 통통한 볼을 만지려고 했다.

"봐요, 이마가 얼마나 넓은 지도요. 정말 할아버지 이마를 쏙 빼닮았어요! 명석함으로 똘똘 뭉쳤어요! 애야, 너도 나중에 국장님이 되거라, 알겠지?"

"아뇨."

리우 얀은 사과를 감싸 쥔 두 손을 내저으며, "국장님은 안 해요. 장군이 될 거예요. 장군이 더 용감해요."

"야심도 대단하네." 우 씨가 칭찬했다. "후손이 선조보다 낫다더니. 이 아이 역시 리우 국장님의 손자가 될만해요. 자 봐요! 이마뿐만 아니라, 커다란 두 눈도 손색없이 꼭 할아버지를 닮았어요. 그렇지 않아요?"

"어디 좀 봅시다." 서 씨 아주머니는 리우 얀에게 더 다가 갔다. "너무 비슷해요. 꼭 같은 판으로 찍어 놓은 것 같아요."

"아가야, 너 지금 몇 살?" 갑자기 우 씨가 물었다.

"세 살." 리우 얀은 거침없이 대답했다.

"정말 신기하네." 우 씨는 감탄을 연발했다. "아, 이 아이의 두드러진 양미간이 할아버지를 가장 많이 닮았네."

"그래 맞아요." 서 씨 아주머니도 찬사를 계속했다. "이 아이는 우리 국장님 축소판이야."

"아니요, 저는 국장님 안 해요..."

갑자기 리우 얀은 국장실로 들어서는 리우 국장을 보고는 말했다. "할아버지, 저는 장군 될래요."

"리우 국장님이라고?" 서 씨 아주머니와 우 씨는 고개를 돌려 보니, 벌써 국장은 자신의 의자에 앉아 있었다.

"리우 얀은 국장님처럼 영리하군요."

서 씨 아주머니가 말했다.

"리우 얀은 국장님처럼 대단한 야심가네요." 우 씨도 한마디 거들었다.

"이 아이가 나를 닮았다고?"

"그래요. 생각도, 생김새도 국장님을 완전히 빼닮았어요."

"그리고 이마 하며 눈 하며 코도 국장님과 아주 비슷해요." 경쟁하듯 서 씨 아주머니도 말했다.

"국장님, 신기해하실 것도 없어요. 리우 얀이 아버지를 닮았고, 그 아버지가 국장님을 닮았으니, 따라서 손자가 할아버지를 닮은 것은 당연하지요."

우 씨는 반박할 수 없을 정도로 조리 있게 설명을 덧붙였다.

"그런데, 저 아이는 내 이웃 사람 아이요. 오늘 이 아이 부모가 잔업을 하느라, 내가 대신 돌봐 주고 있는 것뿐인데요."

그러자 우 씨와 서 씨 아주머니는 아무 할 말이 없었다.

LU GUANGTING

Nevola Trompaĵo

Volbiĝis la plumba ĉielo. En vento kaj pluvo mi vane trairis dufoje la ĉefstraton de la gubernia urbo, sed ĉiuj gastejoj kaj hoteloj estis "okupitaj". Ve, mian unuan oficvojaĝon trafis tia malbona vetero.

Pli kaj pli malheliĝis. La vesperiĝo sufokis min. Batis la kvina kaj duono. Mi ektremetis de malvarmo kaj kontraŭvole refoje enpaŝis la pordon de la gastejo Yingbing. Tiu frizita knabino alte sidanta ĉe la servotablo ankoraŭ rigardis al la strato kaj enue frandis melonsemojn.

Mi aliris kaj petis en ĉagreno: "Fraŭlino, ĉu vi bonvolus helpi min..."

"Ej, kial vi... ĉu mi ne diris, ke ĉiuj litoj estas okupitaj?" respondis la servistino kun hirtiĝintaj brovoj.

"Mi unuafoje venis ĉi tien, kaj plie, ekstere ventas kaj pluvas," petegis mi.

"Mi zorgas nur ŝlosilojn de la ĉambroj, sed ne la veteron," ŝi respondis lipgrimacante.

Mi koleris de ŝia malĝentileco. Mi ne kredis ŝian diron, ĉar ĵus antaŭe venis du gastoj, kaj unu el ili donis al ŝi juglandojn, dum la alia — oranĝojn. Rekompence al tio, ŝi tuj afable enloĝigis ilin. Nun ŝi estis tiel aroganta, kvazaŭ ŝi estus kancelariulo.

"He, amiko, vi estas tie ĉi!" subite viro tramalsekigita enkuris kriante. Kun li mi konatiĝis en vagono. Li estis ofertisto de nemalgranda fabriko. Same kiel mi, kun alte kuspita pantalono, li vizitis 7-8 gastejojn, sed ĉie li estis rifuzita.

Mi kapsignis al li, amare ridetante. Li elprenisper rafinita movo du cigaredojn kun filtrilo kaj gasfajrilon, bruligis ilin kaj rekte iris al telefono. Li prenis aŭdilon, turnis la ciferdiskon kaj sin apogis al la servotablo. Li, ellasante fumocirklojn, ekparolis: "Haloo, ĉu gubernia registaro? Mi volas paroli kun la guberniestro. Kio? Li kunvenas? Ne, mi ne zorgas la kunvenon, mi nur volas, ke vi alvoku lin. Mi? Diru al li, mi estas lia malnova kunlernanto en la provinca ĉefurbo." Dum atendado, la ofertisto faris al mi enigman okulsignon.

Tiam la frizita knabino ĉesis frandi melonsemojn, kaj rigardis per siaj grandaj inteligentaj okuloj.

Subite la ofertisto ridis al la aŭdilo: "Ĉu parolas

guberniestro? Ha, ha, vi ne povas rekoni min laŭ mia voĉo? Ho, vi grandsinjoro facile forgesas! Pardonon? Jen vidu, kiel facile vi diras. Mi gastu ĉe vi? Dankon. Sed nun mi ankoraŭ ne trovis loĝejon. Al vi? Ne, ne, mi ne volas ĝeni vin. Nun mi estas en la gastejo Yingbing. Kio? La gastejo solvu la problemon? Jes, jes, momenton, mi demandu la servistinon."

La servistino kviete sidis, ŝia ĉarma vizaĝeto ruĝetiĝis.

La ofertisto denove ridis: "Gasti ĉe vi? Mi certe iros, sed hodiaŭ ne. Estas malfrue kaj pluvas. Alian tagon. Jes, jes, konsentite."

La ofertisto remetis la aŭdilon kaj levis ŝultrojn al mi.

"Nia gastejo estas tre malluksa," diris la knabino.

La ofertisto mansvingis kaj indulgeme diris: "Ne grava, ni povas elteni."

"Bonvolu sekvi min!" la servistino ĉarme ridis al la ofertisto kapjesante.

"Bonvolu sekvi min!" vokis min la ofertisto preninte mian valizon.

Ni enloĝiĝis en pura dulita ĉambro sur la tria etaĝo. Post kiam la servistino eliris el la ĉambro, la ofertisto duonkuŝiĝis sur mola litaĵo, ridis kun plezuro: "Ho, mia dio!"

"Multan dankon ni ŝuldas al via kunlernanto, la

guberniestro. Alie ni devus tranokti sub la ĉielo," mi diris dankoplene.

La ofertisto faris grimacon al mi: "Diablo scias, kiu estas la guberniestro. Mi turnis la ciferdiskon je falsa numero."

"Trompaĵo!" mi kriis.

"Ne trompaĵo, sed komedio, kaj ĝia titolo: Ĉiu Havas Sian Venkanton," daŭrigis la ofertisto, "verdire tian trompaĵon mi ne volis fari, sed krom tio nenio helpas nin."

La servistino senbrue eniris kaj afable preparis teon por ni. Ĉe la eliro ŝi diris al ni: "Bonvolu voki min, se vi bezonos mian servon."

루 꾸앙팅

하고 싶지 않은 거짓말

하늘이 어두컴컴해졌다. 비바람이 몰아치는데도 불구하고 나는 어느 현²⁾의 한 도시 시내 한복판에서 도로를 두 번이나 왔다 갔다 하며 헛걸음치게 되었다. 내가 가 본 여관과 호텔은 이미 〈방이 다 찼습니다. 다른 고객을 받을 수 없습니다.〉이라고 했다. 애석하게도 나는 첫 출장에서 이런 궂은 날씨를 만나게 되었다.

날은 더욱 컴컴해져 갔다. 저녁이 되자 나는 더욱 숨이 막힐 것 같았다. 시계는 오후 5시 반을 가리키고 있었다. 나는 날씨도 춥고, 몸도 좀 떨려 마지못해 다시 '잉삥' 여관의 출입문을 열고 들어갔다. 숙박부 카운트에는 파마머리를 한 채 앉아 있던 그 아가씨는 거리만 바라본 채 지겨운 듯이 수박씨를 까먹고 있었다. 나는 그 아가씨에게 다가가, 속 타는 마음으로 부탁했다.

"저, 아가씨, 저를 좀 도와 주면 안 돼요...?"

"에이, 참, 손님은... 방이 다 찼다고 한 말을 잊었나요?" 그

---

2) *현(縣): 우리나라의 군 단위에 해당함.

종업원은 눈썹을 찡그리며 말했다.

"저는 이 고장에 처음 왔어요. 더구나 밖엔 비바람이 엄청나게 불고 있어요."

나는 하소연을 했다.

"저는 방 열쇠만 보관해요. 날씨와는 전혀 무관하네요." 그녀는 입을 삐죽거리며 대답하였다.

나는 그녀의 무례함에 화가 났다. 그녀 말도 믿지 못했다. 왜냐하면, 조금 전 손님 둘이 왔는데, 그중 한 사람은 그 아가씨에게 호두를, 다른 사람은 밀감을 건네주었다. 그러자 그 아가씨는 보답이라도 하듯이 곧장 바로 숙박하도록 해 주었다. 그녀는 마치 관공서 서기처럼 거만하게 행동했다.

"아, 자네, 자네도 여기 있었구나!" 갑자기 비에 흠뻑 젖은 한 남자가 그 말을 하면서 그 여관으로 달려들어 왔다.

그 사람과 나는 열차에서 한 번 인사를 나누었다. 그는 큰 공장에서 일하는 물품공급업자였다. 그도, 나와 마찬가지로, 외투를 머리끝까지 뒤집어쓰고는, 예닐곱 군데의 여관을 찾아 가 보았지만, 전부 거절당했다.

나는 쓸쓸한 미소를 지으며, 그에게 이곳도 마찬가지라고 머리로 알려 주었다. 그는 세련된 동작으로 필터 담배에서 2개비를 꺼내 가스라이터에 불을 붙이고는, 곧장 전화가 있는 곳으로 갔다. 그는 수화기를 들어, 다이얼을 돌리면서도 몸은 그 아가씨 책상에 기댔다. 그는 담배 연기를 동그랗게 내뿜으며 말하기 시작했다.

"여보세요. 거기 현청 사무소이지요? 현청 청장님과 통화하고 싶은데요. 뭐라고요. 청장님은 지금 회의 중이라고요? 아뇨,

저는 회의와 상관은 없습니다만, 청장님과 통화할 수 있게 해주시기만 하면 됩니다. 저요? 저는 성도(省道)에 사는 현청 청장님의 옛 동창이라고 전해 주세요."

그 물품공급업자는 전화를 바꿔주기를 기다리고 있는 동안, 나는 눈이 휘둥그레졌다.

그때 그 파마머리의 아가씨는 수박씨를 먹다가 이상한 큰 눈으로 그를 보고 있었다.

그는 갑자기 수화기를 향해 웃었다.

"현청 청장님, 맞지요? 하하, 자네는 내 목소리도 모르겠는가? 저런, 자네 같은 고위직에 있는 인사들은 쉽게 잊어버린단 말이야. 미안하다고? 그것 봐. 자네는 뭐든 그리 쉽게 말하지 않는가. 자네 집에 와 달라고? 하지만 난 아직 숙소를 구하진 못했네. 자네에게? 그건 안 돼. 자네를 귀찮게 하고 싶진 않아서. 난 지금 '잉뻥' 여관에 들어섰네. 뭐라고? 이 여관에선 나의 어려운 문제를 해결해 줄 수 있으리라고? 그래 잠깐만, 종업원에게 물어봄세."

그 아가씨는 조용히 앉아 있었고, 귀여운 얼굴을 붉혔다.

그는 다시 웃었다.

"자네에게 와서 자고 가라고? 그런데 오늘은 안 되겠어. 너무 늦었고, 비도 엄청 오고 있어. 다음날 가지. 그래, 그래, 그렇게 해."

그는 수화기를 내려놓고는 나에게 어깨를 으쓱해 보였다.

"저희 여관은 매우 보잘것없는 여관이라서요."

그 아가씨가 말했다.

그는 손을 내저으며, 관대하게 말했다.

"괜찮아요. 우린 견딜 수 있어요."

"저를 따라오세요!"

그 아가씨는 그 물품업자에게 고개를 숙이며 웃었다.

"나를 따라오게!"

그는 나의 가방을 들어 주며 나를 불렀다.

우리는 3층의 깨끗한 2인용 침실에 투숙할 수 있었다. 종업원이 그 방을 나가자, 그는 푹신한 침대에 벌렁 누우면서 기쁘게 웃었다.

"아하, 해냈어!"

"현청 청장인 그 동창 친구분께 신세를 졌습니다. 그렇지 않았다면 우린 맨땅에서 밤을 지낼 뻔했군요"

나는 진심으로 감사를 표했다.

그 물품공급업자는 나에게 눈을 찡긋했다.

"악마는 누가 현청 청장인지 알겠지. 나는 전화번호를 엉터리로 돌렸지."

"거짓말이었군요!"

나는 외쳤다.

"거짓말은 아니지. 단지 다음과 같은 제목으로 연극을 했을 뿐이네. 〈누구나 문제를 해결하는 법이 있지!〉"

그 사람은 계속했다.

"사실 나는 그런 거짓말을 하고 싶지 않아. 하지만 그렇게 하지 않으면 누가 우릴 돕겠는가?"

그 종업원은 조용히 들어 와서는, 우리에게 차를 대접했다. 그 아가씨는 우리에게 말했다.

"도움이 필요하시면 언제든지 저를 불러 주세요."

Rido

Kiu ne ŝatas ridon? Ĉu gaja ridego, ĉu ĉarma rideto, ĉiu povas doni pli da ĝojo al la animo. Sed estis homoj, kiuj abomenis kaj eĉ malamegis ridon.

Apenaŭ Bofratino Zhang venis de strato, ŝi longigis sian vizaĝon. Ŝi, altastatura, kun elstaraj mentono kaj brusto, iris sen ajna strabo. De la alia direkto venis Bofratino Li malgrasa, kun maldikaj lipoj kunpremitaj kaj supraj palpebroj falantaj, kaj nazo pli pinte aspektanta. Ambaŭ ili, kvazaŭ ne vidante unu la alian, aŭ vidante nur ties ombron, paŝis en la respektivan korton. "Pum", "pum", nur post la forta fermo de la pordo malstreĉiĝis la muskoloj de iliaj vizaĝoj.

La movoj de la vizaĝaj muskoloj kiuj komplete ekzilis ridon, okazis ĉiutage almenaŭ 3-4 fojojn. La distancoj inter la laborejo kaj hejmo de ambaŭ virinoj estis preskaŭ samaj, kaj ankaŭ la ĉiutagaj horaroj de ili estis samaj, tial ofta renkontiĝo por ili estis neevitebla.

En la okcidenta korto Bofratino Li bredis hundeton kaj ofte amuziĝis per ĝi. La hundeto povis iri sur la postaj piedoj. Foje infano de Bofratino Li metis sur ĝin ĉapelon, kaj la hundeto riverencis skuante la kapon, kio vekis gajan ridon de Bofratino Li.

"Ha, kia frivola ridkluko!" aŭdiĝis en la orienta korto malamika aludo de Bofratino Zhang kontraŭ Li kaj tuj poste eksonis flugilfrapado de kokoj kaj gakado de anasoj.

Bofratino Zhang en la korto estis adiaŭanta sian amikinon, kaj tiu diris: "Ĝis revido, Bofratino Zhang." Imitante sian patrinon ankaŭ la infano en la sino de la amikino diris: "Ĝis revido, Bofratino Zhang." Kaj ambaŭ virinoj ekridegis de la infana naiveco.

"Hi hi, ha ha, kiel flirtema!" Bofratino Li fine ĝisatendis la ŝancon venĝi sin. Ŝi insultis sian edzon aludante Bofratinon Zhang. Apenaŭ Bofratino Zhang intencis repuŝi la atakon, Bofratino Li daŭrigis sian insultadon: "Vi barboplena, tamen flirtas kiel dekok-jara." Ĉe tio Bofratino Zhang povis nur silenti.

De tiam rido adiaŭis ambaŭ familiojn.

Ne malproksime estis elementa lernejo. La gaja rido de naivaj infanoj alvenis kaj ĉagrenis la du familiojn.

Kiel malpacigis la du familioj? Pro amaseto da neĝo! Tiel malgranda amaso, ne sufiĉa por plenigi korbon.

La urbeto en arbaro konsistis ĉefe el unuetaĝaj domoj el ruĝaj brikoj kaj grizaj tegoloj. En ĉiu domo loĝas ses familioj. Antaŭ la domo estis dividitaj kortoj. Fronte al la strato ĉiu familio havis ŝedon el tabuloj aŭ tero, meze de kiu estis pordo.

Norda vento blovis tutan nokton kaj tion sekvis densa neĝo. Bofratino Li ellitiĝis frue kaj la unua laboro por ŝi estis forbalai la neĝon antaŭ la ŝedo. Nun furoris la vorto "elmodiĝo", tamen la proverbo "ĉiu balaas neĝon antaŭ sia pordo" heredata dum mil jaroj, ne elmodiĝis por la strato. Dum balaado antaŭ sia pordo Bofratino Li puŝis la neĝon antaŭ la pordon de Zhang-familio. La forbalaita neĝamaso kontrastis kun la freŝa neĝo antaŭ la ŝedo de Zhang.

Bofratino Zhang eliris el sia korto kun balailo en la mano. Rimarkinte la albalaitan neĝon, ŝi pensis: "Se tio estus faruno, vi certe ne balaus antaŭ mian pordon. Ĉu vi opinias min facile ofendebla?" Ŝi repuŝis pli da neĝo.

Kiam refoje neĝis, ripetiĝis la puŝo kaj repuŝo.

Estis malfacile imagi, ke maja kampo ne havas florojn kaj decembra arbaro ne havas neĝon. Loĝantoj en la arbaro ŝatas neĝon, kaj ĉiu neĝado alportis al ili grandan plezuron. Sed por la familioj de bofratinoj Zhang kaj Li, neĝo signifis kvereladon.

Kaj pli poste ne nur neĝon, sed ankaŭ forĵetaĵojn ili interpuŝadis unu al la alia.

En somero la konflikton akrigis nova problemo: li kulpigis unu la alian pri tio, ke ŝedo de la rivalo translimiĝis.

La edzo de Bofratino Li estis ŝoforo, kaj estis facile por li akiri tabulojn kaj trabojn. Ili decidis rekonstrui la ŝedon por kapti la aeran superecon.

La frapado de martelo sur najloj pikis la koron de Bofratino Zhang. La aroganta mieno de Bofratino Li ofendis ŝin. La ŝedo de Li-familio superis tiun de Zhang je unu futo, kaj la lada gargojlo direktiĝis al la korto de Zhang-familio. Eksplodis kverelo senprecedenca en furiozeco.

Unue estis "virina solludo" (komprenebla ĉiuj per buŝo), kaj post tio estis "vira solludo". Ĉe la fino ankaŭ la infanoj enmiksiĝis kaj ludis "grupan konkurson". Pena admono de la najbaroj paŭzigis la kverelon, sed la paŭzo ne signifis la finon de la batalo. La familio Zhang plenforte preparis materialojn por repreni la aeran superecon. La najbaroj maltrankviliĝis, ke venko de tiu aŭ alia familio egale suferigos ilin.

Baldaŭ estis la Printempa Festo. Porkoj estis buĉitaj, la infanoj senpacienciĝintaj antaŭtempe eksplodigis petardojn. Bofratino Li iris aĉeti brasikojn. Ŝi klare sciis, ke Bofratino Zhang laboras en la unua vendejo, kiu troviĝis proksime al ŝia hejmo, tamen ŝi preferis iri al la pli malproksima dua vendejo.

"Haloo, mi volas dek kilogramojn da brasikoj," ŝi diris al la komizino, kurbiĝe ordiganta brasikojn malantaŭ la vendotablo.

"Jes, mi elektos por vi grandajn brasikojn."

Kun kontentiĝo atendis Bofratino Li.

La komizino kun rideto sin rektigis. Ŝi estis neniu alia ol Bofratino Zhang. Ŝi ĵus antaŭe transposteniĝis al la dua vendejo kiel ĝia gvidanto. Kompreneble Bofratino Li ne informiĝis pri tio.

Ambaŭ estis embarasitaj kaj rigardis unu la alian.

Bofratino Zhang intencis ĉesi ridi, sed tion ne faris, ĉar apud ŝi laboris du junaj komizoj.

Apud Bofratino Li staris du konatuloj, kaj ŝi hontis montri antaŭ ili sian malĝentilecon.

La du vizaĝoj influis unu la alian. Bofratinoj Zhang kaj Li plurfoje volis longigi ilin, tamen la rideto fine restis sur ili.

Bofratino Zhang serveme helpis Bofratinon Li ensakigi la brasikojn kaj Li danke diris: "Lasu al mi mem."

Ili disiĝis. La vangoj doloretis pro longa rideto, sed la koro estis malŝarĝita.

Antaŭ la Printempa Festo falis neĝflokoj similaj al prunaj florpetaloj. Bofratino Li ellitiĝis pli frue ol kutime kaj forbalais la neĝon ne nur antaŭ sia pordo, sed ankaŭ tiu de Bofratino Zhang.

Kiam Bofratino Zhang eliris el la korto kaj rimarkis, ke neĝo amasiĝis antaŭ la pordo de Li-familio, ŝi emociiĝis kaj returniĝis hejmen.

En la nokto Bofratino Zhang kaj ŝiaj infanoj kune forportis la neĝamason.

Tagmeze de la sekvanta tago, Bofratinoj Zhang kaj Li samtempe eliris kun pioĉo por forigi malpuran glacion sur la limo inter la du familioj. Ambaŭ ili laŭeble penis por labori pli multe. Kiam hazarde renkontiĝis iliaj rigardoj, ili ekridis embarase.

Tuj post la lasta noktomezo de la jaro, kiam krakis petardoj, la du familioj vizitis unu la alian kun novjaraj bondeziroj. Kaj la tuta strato pleniĝis de gajaj ridoj.

웃음

누가 웃음을 싫어하겠는가? 쾌활하게 활짝 웃는 웃음이나, 귀여운 웃음이나, 모두 우리 마음에 더 많은 기쁨을 가져다준다. 그러나 웃음을 싫어하고 증오하는 사람도 있었으니.-

'장'이라는 큰 동서는 바깥에 나갔다가 돌아오자, 얼굴을 찌푸렸다. 늘씬한 키, 잘생긴 턱과 가슴을 가진 장은 곁눈질도 없이 걸어가고 있었다. 그런데 반대편에서 엷은 입술을 꽉 다문 채, 콧날은 더욱 오똑하게 세워, 속눈썹은 내린 채 날씬한 키의, 작은 동서 '리'가 들어오고 있었다. 그들 두 사람은 서로 못 보았거나, 혹은 상대방의 그림자만 보았거나, 자신의 마당으로 각각 들어 가 버렸다. 그 두 사람은 문을 꽝- 닫고 나서야 자신들의 찌푸린 얼굴을 풀었다.

그 두 사람은 하루에도 서너 번씩 인상을 찡그려 웃음을 싹- 사라지게 했다. 그 두 사람의 직장과 집의 거리는 거의 같고, 하루 일과도 비슷해 자주 만나게 됨은 당연했다.

서편 마당에 사는 작은 동서 '리'는 강아지를 기르고 있었고, 그 강아지는 종종 '리'를 즐겁게 해 주었다. 그 강아지는 뒷발로 서서 걸을 수도 있었다. 한 번은 '리'의 아들이 그 강아지에게 모자를 씌워 보이자, 그 강아지는 머리를 흔들며 인사를 해, '리'는 즐거워 웃었다.

"얼마나 천박한 웃음소리인가!"

동편 마당에 사는 큰 동서 '장'은 작은 동서 '리'에 대해 가시 돋힌 말을 했다. 잠시 뒤 누군가에 쫓겨 날개를 퍼덕이는 암탉 소리와, 꽥-꽥-하는 오리 소리를 들을 수 있었다.

동편 마당에서는 큰 동서 '장'이 자신의 친구에게 작별 인사를 하자, 그 친구가 장에게 말한다.

"장, 잘 있어요." 그 친구의 품에 안겨 있던 친구의 아기도 이를 흉내 내며 말했다. "장, 잘 있어."

그러자 두 사람은 그 아이의 천진함으로 인해 큰 소리로 웃었다.

"까불고들 있구먼!"

작은 동서 '리'가 복수할 때를 기다리다 말했다. '리'는 큰동서에 대해 말하면서 시아주버니에게 험담을 말했다.

큰 동서 '장'은 그런 험담에 대응하자, 작은 동서 '리'도 험담을 계속했다.

"시아주버님은 수염이 덥수룩한데, 큰 동서는 열여덟의 아이처럼 행동하고 있네요." 그러자, 장은 할 말을 잊었다.

그때부터 두 가정에서 웃음은 사라졌다.

그 두 가정에서 얼마 떨어지지 않은 곳에 초등학교가 있었다. 그래서 천진난만한 아이들의 즐거운 웃음이 들려 와, 그 두 가정은 괴로웠다.

그런데, 그 두 가정에 또 다른 불화가 생긴 걸까? 하찮은 눈

때문이었다. 그것도 한 바구니도 안 되는 눈 때문에.

그 두 가정이 있는 숲속 마을은 대부분 붉은 벽돌과 회색 기와로 된 단층집들로 이루어져 있었다. 한 건물마다 여섯 세대씩 살고 있었다. 집 앞에는 마당이 구분되어 있고, 도로와 인접한 모든 가정은 널빤지나 흙으로 지은 창고가 하나씩 있고, 그 창고 중간에 문이 하나 있다.

북풍이 밤새도록 불고 나서 잇달아 폭설이 내렸다. 동서 '리'가 아침 일찍 일어나 우선 해야 하는 일은 창고 앞의 눈을 쓸어 내는 것이다.

지금 한창 유행하는 말은 '구식을 벗자'이지만, 수천 년간 전해 온 속담인 '누구나 자신의 집 앞은 자신이 쓴다.'는 이 거리에서는 아직도 구식을 벗어나지 못했다. '리'는 자신의 집 앞 눈을 쓸면서, 눈더미를 큰동서 '장'의 창고 출입문 앞쪽으로 밀쳐 놓았다. 쓸어 둔 눈더미는 '장'의 창고 앞 깨끗한 눈과는 대조를 이루고 있었다.

'장'이 빗자루를 손에 들고 마당으로 나왔다. 쓸려온 눈 뭉치를 알아채고는, '장'은 생각했다. '저게 곡식 가루라면 절대로 내 창고 출입문 앞에 두진 않겠지. 이것으로 내 기분을 상하게 할 수 있다고 여겼겠지?' 장은 더 많은 눈더미를 다시 작은 동서 '리' 쪽으로 밀쳐 놓았다.

다시 눈이 내렸을 때, 그들은 눈더미를 서로 밀고 당기기 일쑤였다.

5월의 들판에서 꽃을 볼 수 없을 때가 드물고, 12월의 숲에서 눈을 볼 수 없을 때가 드물다. 숲속에 사는 사람들은 눈을 좋아하고, 언제나 눈은 그 사람들에게 큰 기쁨을 가져다준다. 그러나 '장'과 '리'의 가족들에게 눈은 곧 싸움을 뜻했다.

그러나 나중에는 눈만 아니라, 쓰레기로 서로 밀고 당기고 하였다.

여름이 되자 새로운 문제로 두 가정의 불화가 더 심해졌다. 상대방 창고가 경계를 넘었다고 서로 헐뜯었다.

'리'의 남편은 운전하는 기사였다. 그는 널빤지와 대들보를 쉽게 얻을 수 있었다. '리' 가족은 더 넓은 공간을 차지하기 위해 창고를 새로 짓기를 결정했다.

망치로 못을 박는 소리가 '장'의 마음을 찔렀다. '리'의 뻔뻔한 표정은 '장'을 괴롭혔다. '리' 가족의 창고는 '장'의 창고보다 한 자나 더 컸고, 그 양철 창고의 처마 끝이 '장' 가족의 마당으로 튀어나와 있었다. 그러자 전례 없이 격노한 둘의 싸움이 폭발해 버렸다.

먼저 '여자들끼리'(물론 모두 입으로만 그랬지만)였고, 그 다음엔 '남자들끼리'였다. 막판에는 아이들까지 가세해 '집안 싸움'이 되었다. 이웃 사람들의 격한 항의로 겨우 싸움이 그쳐졌지만, 싸움이 끝난 것은 아니었다.

'장'의 가족은 자신의 창고 공간을 더 크게 하려고 충분히 재료를 마련했다. 이웃 사람들은 어느 쪽이 이기더라도 자신들에게 똑같이 피해가 올까 전전긍긍했다.

곧 설이 다가오고 있었다. 돼지를 여러 마리 잡고, 참을성 없는 아이들은 잔치가 열리기도 전에 벌써 폭죽을 터뜨렸다. 작은 동서 '리'는 배추를 사러 갔다. '리'는 자기 집에서 가까운 첫 가게에는 큰 동서 '장'이 일하고 있다는 것을 잘 알기에, 그곳에서 좀 더 거리가 먼 둘째 가게로 갔다.

"안녕하세요. 배추 10킬로그램만 주세요."

'리'는 판매대 뒤에서 허리를 굽힌 채 배추를 정리하던 한 여종업원에게 말했다.

"네. 큰 배추로 골라 드리지요."

'리' 는 만족스런 표정으로 기다렸다.

그 여종업원은 미소를 지으면서 몸을 돌렸다. 그 여종업원은 바로 그 큰 동서 '장' 이었다. '장' 은 얼마 전에 둘째 가게의 책임자로 발령을 받았다. 작은 동서 '리' 는 그 사실을 물론 까맣게 모르고 있었다.

그 두 사람은 당황해 서로 바라보았다. 큰 동서 '장' 은 웃던 표정을 멈추려 했지만, 그러지도 못했다. '장' 의 옆에는 두 종업원이 일하고 있었기에.

작은 동서 '리' 에게도 아는 사람 둘이 옆에 있어, 그들 앞에서 천박한 행동을 보여 주는 것이 부끄럽기도 했다.

'리' 와 '장', 두 사람의 얼굴은 서로에게 영향을 끼쳤다. 그 두 사람은 여러 번 인상을 찌푸리려고 했으나, 마침내 웃음을 그만둘 수는 없었다.

'장' 은 '리' 가 배추를 광주리에 담는 것을 돕자, '리' 에게 고마움에 말했다. "내가 혼자 할게."

그 두 사람은 헤어졌다. 그리고 그들의 뺨은 오랫동안 웃음진 표정을 유지하느라 얼굴이 얼얼했지만, 마음은 아주 가벼웠다.

설이 되기 전에 자두 꽃잎 같은 눈송이가 날렸다. 리는 평소보다 더 일찍 일어나, 자기 집 앞뿐만 아니라, 동서 '장' 의 집 눈도 쓸었다.

큰 동서 '장' 이 마당으로 나왔다가 눈더미가 '리' 가족의 집 앞에 쌓여 있는 것을 보고는, 감동을 해, 집으로 되돌아갔다.

그 날 밤에는 동서인 '장' 의 가족 전부가 그 눈을 더 멀리로 치워 두었다.

　다음날, 낮에 '장' 과 '리' 는 두 집 사이의 경계에 쌓인 지저분한 언 눈을 치우려고 동시에 곡괭이를 들고 밖으로 나왔다. 이제부터는 둘 다 서로 가능한 일을 더 많이 일하려고 노력했다. 어쩌다가 그들 두 사람의 눈길이 마주치면, 두 사람은 겸연쩍은 웃음을 지었다.

　그해의 마지막 날 자정이 지나고, 폭죽이 터지자, 그 두 집안의 가족들은 새해 인사를 하러 서로 방문하였다. 그리고 그 뒤 거리마다 웃음이 가득 찼다.

ZHANG KANGKANG

Kaprico pro invitkarto

La ruĝa invitkarto kun oritaj vortoj estis trifoje malfermita kaj trifoje remetita sur la skribtablon. Je la lasta remeto ĝi glitis ĝis la tablorando pro la glata vitrotegaĵo.

Li tuj bremsis ĝin per mano por ke ĝi ne falu sur la teron. Sed lia rigardo direktiĝis al la muro — li penis tiri la okulojn de la invitkarto.

Tamen ĝi obstine restis en lia okulangulo. Sur la karto estis orflavaj presitaj vortoj: ... honoru per via ĉeesto la bankedon de nia eldonejo je la kvina horo posttagmeze en la 9-a etaĝo de la hotelo A.

Li decidis ne iri al la bankedo, kiam li apenaŭ ricevis la invitilon. Jes, li neniel iros ĉi-foje.

Estos nenio alia ol keksoj, fruktoj, kokakolo. Kaj cetere en la bankedo li devos senĉese manpremi komunikante la ŝviton sur la manplato de iu nekonato al alia konato. Poste li kutime donos kelkajn vortojn, kiujn li donis aliloke antaŭ kelke aŭ dekkelke da tagoj, dume la fotiloj direktiĝos al li kaj li lerte montros rideton je la ekbrilo de la fotilo. Li havas trinkkapablon, ke li neniam ebriiĝos malgraŭ miksiĝo de muskatvino, ĉampano kaj brando.

Tamen, li sentis sin tedita kaj iom laca.

Nepre ĉesu la banala interkomunikiĝado vivon mallongiganta, li indigne diris al si mem. Li tute klare komprenas kion li devas fari kaj kion ne. Li ne devas ĉeesti la bankedon.

Lia tuta korpo varmiĝis, kiam li kun vervo pensadis en poemo. Li ŝajnis normala, kiam li kvietiĝis. Jam kelkajn tagojn li ne verkis poemojn, tial ĉi-momente li estis sobra.

Li paŝadis en la ĉambro. La termometro indikis 20 gradojn, kio rimarkigas, ke oni ne bezonas eĉ maldikan lanveston sur si en la bankeda salono de la hotelo. Ĉu mi portos kravaton, se mi vestos min per eŭropa jako? La kaŝtankolora kravato kun blankaj makuloj kaj la kravato kun ruĝaj kaj nigraj oblikvaj linioj, kiu pli akorde sidos sur la fono de jako? Estos humile iri bicikle, do prefere aŭtobuse.

Sed tio benozos je unu horo plifruigi la ekiron.

Li levis sian brakon por rigardi la brakhorloĝon, kaj la vestorando puŝis la ruĝan karton sur la teron. Li ekbruligis cigaredon, kliniĝis antaŭen, levis la karton kaj bruligis ĝin sur fajrilo. La cindro faladis sur la cementan plankon kaj li balais ĝin en angulon. La ora brilo malheliĝis, ankaŭ la alloga ruĝo estis kovrita de griza cindro. Oni ja devas tiel fari. Li estis tre kontenta pri sia kategorieco.

Sendube, sen la invitkarto li ankoraŭ povos eniri la bankedejon, ĉar certe estos konato aŭ amikokiu bonvenigos gastojn ĉe la pordo. Tiuj oritaj vortoj kaj ruĝa paperpeco nur estas formo kaj signo. Lia nomo en ĝia cindro vere disportas allogan forton, kiu ne povas manki...

Se pluvos? La pluvakvo povus forlavi multajn sekretajn dezirojn. Tuj pluvu. Li certe ne eliros pro pluvo, ĉar la ombrelo estis prunteprenita de amiko, kaj al la pluvmantelo mankas kapuĉo.

Estis ankoraŭ longa tempo ĝis vesperiĝo. Sunlumaj punktoj kvazaŭ ŝakpecoj moviĝis sur muro. La ĉielo estis tute lazura. Ŝi estas aparte ĉarma sub la suno, kun ondanta longa hararo sur la sultroj. Tiam li havas plezuron pro agrabla svingado de ŝipo sur akvo. Se la bankedo estos memserva, mi certe prenos plenpladon da manĝaĵoj kaj interparolas kun ŝi longan tempon ĉe angulo. Ŝi ĉiam donas al mi multe da novaĵoj kaj informoj. De tempo al tempo venas de ŝi agrabla parfumo.

Kiu frapas je la pordo? Li estis konsternita. Ĉu gasto? Ne estu la fakto. Li certe ne povos foriri, se la gasto venos de malproksime. Tamen tio vere povus fariĝi preteksto de fordanko al la invito. Neniu venas, telefono sonoras. Ĉu iu redaktoro de la eldonejo telefonas? Eble ili volas konfirmi pri mia ĉeesto? Se jes, li ne devos rifuzi la inviton... Sed li iom malesperiĝis, ĉar la telefonanto estis lia amiko en komerca buroo, por informi lin pri atingo de la mendita kolortelevidilo. La eldonejo ne telefonis al li — ĉu estas malĝentile malakcepti inviton? Li kontemplis tempeton kaj sentis doloreton je la stomako. Ĉiam antaŭe la doloro okazis maldekstre, sed ĉi-foje dekstre. Se la doloro intensos, li devos kuŝiĝi kaj nenian manĝaĵon povos preni, ĉu malvarman, ĉu grasan... Ve! Li trovis, ke li subite malvigliĝis. Li konsolis al si, ke li povos preteksti la malsaniĝon por ne ĉeesti la bankedon. Tamen li ne ekĝojis pro tio. Vidante la cindron li rikanis al si. Li jam konsciis, kion li vere esperas. La cindro ne spegulis lian veran deziron. La vera estis sopiro al buŝtuko, tranĉilo, forko kaj renkontiĝo kun ŝi... Li trompis eĉ sin mem. Rimorso ronĝis lian koron.

Li preparis por si glason da teo kaj intencis eklabori. Sed li ne sidiĝis. Li iris al la fenestro kaj vidis sian vizaĝon en la vitro de malfermita fenestro. Li trovis, ke li devas razi al si la lipharojn. La lipharoj kreskas rapide dum lia plena inspiriteco;

sed razado estas neĝustatempa, eĉ forgesita kun la malvarmiĝo de la inspiriĝo...

Li elprenis elektran razilon. Je premo de la ŝaltilo la klingoj ekturniĝis sub la metala reto.

Eble ne necesus forbruligi la invitkarton. La invitanto ja estas granda eldonejo kaj oni diris, ke tre grava estas la bankedo, al kiu venos kelkaj altranguloj. Se mi ne ĉeestus la bankedon ne pro pluvo, nek pro malproksima gasto, nek pro doloro de la stomako, oni opinius min fiera kaj tro aroganta, sed ne malsocietema. Kaj leviĝus alia plendo, kial vi rifuzis tiun ĉi inviton, se vi iam antaŭe povis ĉeesti bankedon de alia eldonejo.

Subite silentiĝis la elektra razilo. Ŝajnas, ke la energio de la piloj elĉerpiĝis. Li malfermis la kovrilon de la razilo kaj elbatis nigrajn malpuraĵojn. Li pli kaj pli konis sin — fakte, li deziras, eĉ tre, ĉeesti la bankedon, ĉar li fakte ĉiam faris preparadon por iri al la bankedo, sed ne por komenci la laboron. For laboron! Li eĉ pledis por si mem, ke li devas ĉeesti por montri sian fidindecon kaj facilan alireblecon... Kiel hipokrite! Centpocenta trompo kaj al si kaj al alia!

Li malstreĉiĝis. Estas strange, ke li eĉ ne hontis pri sia malkaŝiĝo.

Li sentis malvarmon sur la korpo kaj koleron en

la koro. Li forte ĵetis la razilon en murangulon. Li preskaŭ trompiĝis de ĝi. Estis nevidebla mano, kiu kondukis vin al ĝoja vojo al morto. Vi tamen ne havis forton por rezisti. Jes. Ne!

Li povis haltigi la subfluojn, kiuj, ondante en malhela angulo de la koro, tentas lin. Li povis rezisti ilin. Li, juna poeto, ne suriros tiun vojon malgraŭ ĝia mirinda aktualeco. Adiaŭ, nigraj glazuraj marondoj sub la sunlumo...

Li senmove sidis kaj forte fumis. Li devis eklabori, ĉar estis multa tempo ĝis la vesperiĝo.

Eksonis telefono. Ĉi-foje vere estis la redaktoro de la eldonejo, kiu, senĉese pardonpetante, sciigis al li, ke la bankedo ne okazos pro... Ŝajne senzorge li tuj interrompis la paroladon de la telefonanto dirante, ke li havas multajn aferojn ĉi-vespere.

Sed li trovis bedaŭron en sia voĉo.

En la aŭdilo li ŝajne aŭdis, ke la bankedo okazos morgaŭ vespere...

Kun klinita kapo li fikse rigardis siajn ledŝuojn, sur kiuj troviĝis jam polvo. Li devis ilin ĉiri, sed li tute ne rimarkis tion ĵus antaŭe.

Nubo malrapide glitis preter la fenestro. Estos proponinde, ke oni faru blankajn invitkartojn; ili certe estos pli belaj. La ideo fulme trakuris en lia kapo. Nu, li devis sidiĝi kaj eklabori.

장 캉캉

초청장으로 인한 변덕

금박 입힌 글씨가 쓰여 있는 붉은 초청장을 세 번이나 열었다가, 그는 세 번이나 책상 위에 다시 놓았다. 세 번째로 그 초청장을 책상 위에 놓았을 때, 그 초청장은 미끄러운 유리깔개 때문에 책상의 가장자리까지 미끄러졌다.

그는 그 초청장이 바닥에 떨어지지 않도록 손으로 막았다. 그러나 그의 시선은 앞의 벽을 향했다. -그는 그 초청장에서 눈길을 거두려고 애썼다.

그러나 그 초청장은 고집스레 그의 시선에서 벗어나 있지 못했다. 그 초청장은 노란 금박으로 입힌 글씨로 인쇄되어 있었다:

〈...A호텔 9층, 오후 5시에 개최하는 저희 출판사 연회에 참석해 주시면, 대단한 영광이 되겠습니다.〉

그는 그 초청장을 받자마자, 그 연회에 참석하지 않기로 마음을 정했다. 그래 그는 이번엔 결코 가지 않을 것이다. 과자나 과일, 코카콜라 이외에는 아무것도 없을 것이다. 더구나 그는 그 연회에서 손바닥에 땀이 나도록 아는 사람이나 처음으로 만나는 사람과 쉴새 없이 악수해야 할 것이다. 그리고 그다음에 그는 며칠 전이나, 십 여일 전에 다른 곳에서 행한 몇 마디의 연설을 습관처럼 또 되풀이해야 할 것이고, 그러면 카메라가 그를 향할 것이고, 카메라 플래시가 터질 때, 그는 능숙하게 미소를 지을 것이다. 그는 술이 아주 강해, 머스킷 포도주, 샴페인이나 브랜디를 섞여 마셔도 전혀 취하지 않을 것이다.

그렇지만, 그는 지루해 있었고, 좀 피곤했다.

인생을 단축하는 그런 교류는 반드시 없어져야 한다고 화를 내며 자신에게 말했다. 그는 자신이 무엇을 해야 하는지, 무엇을 하지 말아야 하는지 분명히 이해하고 있었다. 그는 그 연회에 참석하지 말아야 한다고 생각했다.

그는 열정적으로 시(詩)를 생각하고 있을 때, 마음이 뜨거워졌다. 그가 그런 생각에서 벗어나 조용해졌을 때, 그는 평상심을 되찾은 것 같았다. 벌써 며칠 동안 그는 아무런 시도 짓지 않아, 이 순간의 정신은 말짱하였다.

그는 방에서 왔다 갔다 하였다. 온도계가 20도 씨(C)를 가리키고 있어, 호텔의 연회장에는 얇은 양모털옷조차 필요하지 않을 것 같았다. '내가 양복을 입고 나가면 넥타이를 매야 할까? 하얀 점이 박혀 있는 밤색 넥타이, 검정과 홍색 사선이 그려져 있는 넥타이 이 둘 중 어느 것이 양복에 어울릴까? 자전거로 가는 것은 부끄러워, 버스로 가는 편이 나아. 그러나, 그러려면 출발 시각을 한 시간이나 더 일찍 서둘러야 할 것이다.'

그는 손목시계를 보러, 팔을 들었다가, 그 붉은 초청장이 그만 그의 옷깃에 스쳐 바닥으로 떨어졌다. 그는 담배를 꺼내, 피우면서, 몸을 앞으로 숙여 그 초청장을 집어 불에 태워 버렸다.

그 재가 시멘트 바닥에 떨어지자, 그는 그것을 한쪽 구석으로 쓸었다. 반짝이던 금색은 까맣게 타버렸고, 눈길을 끌던 붉은 색도 회색 재에 묻혀 버렸다. 사람이면 마땅히 그러해야 한다. 그는 자기 성격에 매우 만족해했다.

틀림없이 그는 초청장 없이도 여전히 그 연회장으로 들어갈 수 있을 것이다. 문 입구에는 손님들을 맞는 사람 중 지인이나 친구가 반드시 있을 것이다. 그 금박 입힌 글씨와 붉은 색종이 조각은 형식이고 표시일 뿐이다. 재 속에서 그의 이름은 조금도 부족하지 않은 유혹의 힘을 정말로 발휘하고 있었다....

'만약 비가 온다면? 빗물은 많은 비밀의 갈망들을 씻어 불 것이다. 어서 비나 와라. 비가 오면 틀림없이 밖으로 나가지 않을 것이다. 그의 우산은 이미 친구에게 빌려줘 버린 상태이고, 비옷에는 모자가 달려 있지 않으니.'

아직도 밤이 되기엔 많은 시간이 남아 있다. 장기알 같은 햇빛의 점들이 벽에서 움직였다. 하늘은 완전히 밝은 청색이 되었다. 그녀는 어깨 위로 출렁거리는 긴 머리카락을 지니고 있고, 태양 아래서는 더욱 매력적이었다. 그때 그는 물 위에 떠 있는 배의 상큼한 혼들림으로 인한 기쁨 같은 것을 느꼈다. 만일 그 연회에 참석자들이 음식들을 직접 가져다 먹는다면, 나는 접시에 음식을 가득 담아, 그녀와 한구석에서 오랫동안 이야기를 나누어야지. 그녀는 나에게 항상 새로운 많은 소식을 알려 주었다. 그녀로부터 때때로 상큼한 향기도 퍼져 나왔다.

'누가 갑자기 문을 두드리는가?' 그는 깜짝 놀랐다. '손님일까? 그렇지 않았으면.' 만약 그 손님이 먼 곳에서 왔다면, 그는 떠날 수가 없을 것이다. 하지만 그것은 또한 그 초청을 거절하는 좋은 핑계가 될 것이다. 아무도 들어오지 않았고, 전화가 울렸다. '그 출판사 편집인이 전화한 걸까? 그들이 나의 참석을 아마 확인하고 싶은가?' 만약 그렇다면, 그는 그 초대를 거절할 수 없을 것이다... 그러나 그는 조금 실망했다. 그에게 전화를 건 사람은 그가 주문한 컬러텔레비전이 도착했다고 알려준, 상무국에 근무하는 그의 친구였다.

그 출판사에서는 그에게 전화하지 않았다. - '초대에 응하지 않는 것이 예의에 어긋날까?' 그는 잠시 생각에 잠겨 있다가, 위장에 약한 통증을 느꼈다. 전엔 항상 왼편이 아팠는데, 이번은 오른편이다. 심하게 아프면, 그는 누워야 하고, 차가운 음식도, 기름진 음식도 먹지 말아야 한다... 저런! 그는 갑자기 무력해졌다. 그는 몸이 아파 그 연회에 참석할 수 없다는 핑계를 할 수 있을 것 같아, 자기 자신에게 위로했다. 그렇지만 그는 그 사실로 인해 기쁘지는 않다. 그는 재를 바라보며 자신에게 냉소했다. 그는 이제 자신이 무엇을 바라고 있는지 알 수 있었다. 그 재는 그가 진정 무엇을 바라는지 비춰주진 못했다. 그가 정말로 원하는 것은 냅킨, 나이프, 포크, 또 그녀와의 만남 등이다... 그는 심지어 자기 자신조차 속였다. 그는 마음속에 양심의 가책을 느꼈다.

그는 스스로 차 한 잔을 준비해 마시고는, 일을 시작하려 했다. 그러나 그는 자리에 앉지 않았다. 그는 창가로 다가가, 열린 창문의 유리에 비친 자신의 얼굴을 보았다. 그는 콧수염을 깎아야겠다고 생각했다. 그가 뭔가에 깊이 심취해 있는 새, 콧수염은 빠르게 자라고 있었다. 그러나 수염 깎는 일도 제 때 하지 못했고, 심지어 시적 영감이 식으면서 차가움과 함께 수염 깎는 일도 잊었다...

그는 전기면도기를 꺼냈다. 스위치를 넣자, 금속망 아래의 칼

날이 돌기 시작했다.

그 초청장을 태워 버릴 필요가 없었는데, 초대한 사람은 큰 출판사이고, 사람들은 몇몇 고위층 인사도 참석하는 그런 연회를 정말 중요하게 여긴다고 말했다. 만약 내가 비나, 먼 곳에서 온 손님으로 인해, 또 위장병 때문이 아니라, 다른 이유로 참석하지 못한다면, 사람들은 내가 비사교적이라서가 아니라, 교만하고 너무 뻔뻔하여 참석하지 않았다고들 말할 것이다. 그리고 전에 다른 출판사 연회에는 참석했으면서도, 왜 이 초대에는 거절한 것인지에 대해 불평도 할 것이다.

갑자기 면도기가 멈추었다. 건전지가 다된 것 같았다. 그는 면도기 뚜껑을 열어, 더러운 찌꺼기를 털어 냈다.

그는 더욱 자기 자신을 이해할 수 있었다. ─사실, 그는 그 연회에 참석하기를 정말 바라고 있었다. 왜냐하면, 그는 실제로 일을 시작하는 것이 아니라, 연회에 참석할 준비를 하는 자신을 발견했기 때문이다.

'일이여, 저리 가!' 그는 심지어 자신에게 자기의 신용을 유지하고 쉽게 접근할 수 있는 사람이라는 것을 보여 주기 위해서라도 참석해야 한다고 변호하기도 했다... 얼마나 위선적인가! 자기 자신과 남에게 얼마 큰 사기인가!

그는 긴장이 풀렸다. 이상하게도 그는 심지어 자신을 드러내는 것에 부끄러움도 없었다.

그는 온몸에 추위를 느끼고, 마음속으로 화도 났다. 그는 면도기를 벽 한구석으로 세게 던져 버렸다. 그는 그것에 거의 속을 뺀했다. '너를 죽음이라는 즐거운 길로 안내하는 보이지 않는 손이 있다. 그렇지만 나는 저항할 힘이 없다. 그래, 없어!'

그는 자신의 검은 마음 한구석에서 넘실거리며, 유혹하는 내부 흐름을 멈추게 할 수 있었다. 그는 그런 흐름에 저항할 수 있었다. 젊은 시인인 그는 그 흐름의 신기한 실재에도 불구하고, 그 길로 들어서진 않았다. '햇빛 아래 반짝이는 검은 파도여, 안녕'

그는 꼼짝도 하지 않고 앉아 담배만 계속 피우고 있었다. 저녁이 될 때까지 시간이 많이 남아 있어, 그는 일을 시작해야만 했다.

전화가 울렸다. 이번에는 진짜 출판사에서 온 전화였다. 계속 미안하다고 말하면서 무슨 일이 있어 오늘 연회는 취소되었다고 알려 주었다. 그는 괜찮다며, 오늘 저녁 할 일 많다고 말하며, 전화를 건 사람이 하는 말을 막았다.

그는 그렇지만, 자기 목소리에 아쉬움이 남아 있음을 알았다.

그는 수화기를 통해 연회가 내일 저녁에 개최되는 것이라고 들은 것 같았다...

고개를 숙여 보니, 그는 자신의 구두에 벌써 먼지가 쌓여 있는 것을 뚫어지라 바라보았다. 그는 구두약을 칠해야 했는데, 조금 전까지는 그것을 전혀 보지 못했다.

구름이 창문 옆을 천천히 흘러가고 있었다.

'하얀 초청장을 만들도록 제안할 만한데. 그러면 더 예뻐 보일 것인데.' 그 생각이 번개처럼 그의 머리를 스쳐 갔다.

이제 그는 자리에 앉아 시를 쓰는 일에 다시 몰두했다.

Du junuloj

Vintran antaŭtagmezon. Sin kaŝis la suno, makabre blovis vento.

Sur strato iris paro da gejunuloj ŝultro ĉe ŝultro. La junulo, en ordinara jako el blua dakrona kakio, nomiĝas Lu Cheng, kaj la junulino, en mantelo el nigra drapo kaj ruĝeta kardita skarpo, nomiĝas Zhou Xin.

Lu Cheng: En la lastaj tagoj ŝi ĉiam silentis. Ve, kia ĉagreno! Mi devas iele provi ŝin. Jes, eble ŝi kaŝas sekreton kontraŭ mi?

Zhou Xin: Li estas malfacile alirebla. Li ĉiam tenas sin implice, ne arogante nek humilaĉe. Li scias kiel prizorgi min, tamen lia implico estas enigma; kion tio aludas? Ve!

Ambaŭ ili enpaŝis en la infanan areon de la parko. Li saltis sur elefantan sidglitejon kaj suprentiris Zhou Xin. Ŝi petole pinĉis al li la orelon por peti lin rakonti anekdoton. Kaj li serioze plenumis ŝian peton. Ankaŭ ŝi faris rakonton:

Tio okazis en la tempo, kiam mi laboris en la kamparo. Junulo de la vilaĝo bicikle portis sian amatinon al hospitalo. Ĉe la kruciĝo de strajoj maljunulo falis de sur tegmento, kiam li purigis fumtubon. Li falis sur azenon kaj poste teren. La junulino petis la junulon bicikle porti la maljunulon al la hospitalo. Sed fine la junulino koleriĝis. Vi supozu, pro kio ŝi koleriĝis?

Lu Cheng ekridetis kaj diris senpripense: "Certe la kampulo flankenmetis ŝin, ne sciante, ke per tio la amatino volis provi lian koron.

Sur la vizaĝo de Zhou Xin subite montriĝis malagrableco.

"Kio al vi, mia kara?"

"Nenio."

"Vi malĝojiĝis?"

".."

두 젊은이

겨울의 어느 날 아침. 해는 구름에 가려, 바람이 심하게 불었다.

한 쌍의 젊은이가 어깨를 나란히 길을 걸어가고 있었다. 푸르고 까만 보통 재킷을 입은 젊은이는 루 츠엉이고, 검은 모직물 외투와 손질이 잘된 약간 붉은 목도리를 한 아가씨는 저우 신이었다.

루 츠엉은 마음속으로 생각했다.

'최근 저우는 항상 말이 없다. 아 얼마나 괴로운가! 어떻게든지 난 저우에게 물어보아야겠다. 그래 아마 나에게 뭔가 비밀을 숨기고 있나 보다.'

저우 신은 마음속으로 생각했다.

'이 사람은 다가서기가 어렵다. 거만하지도, 그렇다고 비굴하지도 않지만, 뭔가 있어. 저이는 나를 어찌 대해야 하는지 알고 있지만, 저이의 숨은 뜻은 모르겠어. 그것은 무슨 뜻일까? 아 이참!'

그 두 사람은 공원의 어린이 놀이터로 걸어갔다. 루 츠엉은 코끼리 같은 미끄럼틀로 뛰어올라, 저우신을 잡아당겨 올렸다.

저우 신은 그에게 말해 달라고 귀를 다정하게 대어 보았다. 그러자 그는 진지하게 저우 신의 부탁을 들어주었다. 그러자 이번에는 저우신도 이야기를 하나 해 주었다.

내용인즉—.

"내가 농촌의 어느 마을에서 일할 때 있었던 일이었어. 그 마을의 한 젊은 농사꾼이 자전거에 자기 여자 친구를 태워 병원에 데려다주는 길이었어. 그 일행이 사거리를 지나다, 어느 노인이 자기 집 굴뚝을 청소하다 그만 발을 헛디뎌 땅바닥에 떨어지는 것을 보게 되었어. 그 노인은 먼저 당나귀 위로 떨어졌다가, 나중에 땅바닥에 떨어졌지. 그러자, 그 여자 친구가 그 젊은 농사꾼인 남자친구에게 그 노인을 병원에 모셔다드리자고 했지. 그런데 나중에 그 여자 친구가 화를 벌컥 냈지. 루츠엉, 무엇 때문에 그 여자 친구가 화를 냈는지 한번 맞춰 봐."

루 츠엉은 웃으며, 생각 없이, 말했다.

"틀림없이 그 젊은 농사꾼이, 여자 친구가 이것으로 자기 마음을 시험하려는 곳도 모른 채, 그 여자 친구를 자전거 옆에 걸어오라고 했겠지."

저우 신의 얼굴은 갑자기 불쾌한 표정으로 바뀌었다.

"왜 그래?"

"아무것도 아냐."

"기분 나빠?"

"...."

Kion pentri?

Sur la gazono en parko sidis kvin unuaklasaj lernantoj — tri knaboj kaj du knabinoj. Ili baniĝis en la karesa varmeta radio de la fruvintra suno.

Ili kune legis interesan bildrakonton «Magia Peniko de Ma Liang». Knabo Ma Liang en la rakonto havis magian penikon: kion li pentris, tio tuj fariĝis vera. Se li pentris kokon, tiu eĉ povis kokeriki, se li pentris plugilon, oni povis plugi per ĝi teron. Kiel mirinde!

"Kiel bone estus, se mi havus magian penikon!" diris Xiaoman kun buklaj haroj.

"Tio ne eblas," diris Zhou Ming kun miopaj okulvitroj kaj mieno de adoltulo. Lia patro estas redaktoro en provinca eldonejo. Li diris daŭre: "Tio estas mito!"

"Se ni havos..." diris Yuanyuan kun kuspita nazo.

"Jes. Kion ni pentros, se ni havos tian penikon?" demandis knabino Zhang Xiaoli kun grandaj okuloj kaj mallonge tonditaj haroj, aspektante kiel knabo.

"Pentri nur unufoje, ĉu bone?" Wang Bin serioze proponis kun la mano en pozo tenanta penikon.

La infanoj meditis, kaj poste preskaŭ samtempe ekparolis.

"Mi pentros tute novan skribotablon. Foje, kiam mi iris doni mian hejmtaskon, mi vidis, ke la skribotablo de instruisto Wu surhavas longan fendon..." diris Xiaoman.

"Aŭskultu min, mi pentros grandan ludkampon por nia futbala teamo, similan al tiu por mondpokala konkurso," konkure diris Yuanyuan.

"Mi pentros grandan ombrelon por ŝirmi la onklo-policanojn kontraŭ la suno kaj pluvo," kviete diris Zhou Ming.

"Nenion alian mi pentros, mi pentros por mia patrino aŭtomatan lavmaŝinon. Ŝi estas tre laca..." Wang Bin parolis tiel rapide kiel mitralo.

Venis la vico por Zhang Xiaoli.

"Mi..." ŝi hezitis.

"Vi diru," ĉiuj ŝin urĝis.

"Mi pentros multajn multajn okulojn..." sentoplene

diris Zhang Xiaoli, "kaj ilin donacos al la kamaradoj de miaj gepatroj."

La geknaboj silentiĝis. Ĉiuj opiniis, ke Zhang Xiaoli pentru la unua, se ili havus la magian penikon. Ĉar ili ĉiuj scias, ke ŝiaj gepatroj laboras en la fabriko ĉe la stratangulo, fabriko starigita de la magistrato por blinduloj.

추 총

무엇을 그릴까?

공원 잔디밭에 초등학교 일학년생 5명이 -남학생이 셋, 여학생이 둘 -앉아 있었다. 그들은 이른 겨울의 따뜻한 햇볕을 즐기고 있었다. 그들은 함께 『마 리엥의 마법의 붓』이라는 재미있는 그림 이야기책을 읽고 있었다. 그 책 속에는 마 리엥이라는 소년이 가진 마법의 붓에 관한 이야기가 들어 있었다. 그 책에서는 그 소년이 붓으로 뭔가를 그리면, 곧 그 그림이 실제 물건으로 바뀐다는 내용을 담고 있었다. 만약 그 소년이 닭을 그리면, 실제 닭으로 변해 울기도 하고, 쟁기를 그리면 그 쟁기로 땅을 갈 수 있었다. 얼마나 신기한 붓인가!

"나도 그런 마법의 붓을 가졌으면 얼마나 좋을까!" 곱슬머리의 샤오만이 말했다.

"그건 불가능해." 근시 안경을 쓰고 있는 저우 밍은 어른처럼 점잖은 표정으로 말했다. 그의 아버지는 성(省)의 출판사 편집인이었다. "그것은 꾸민 이야기일 뿐이야." 그는 큰 소리로 말했다.

"만약 우리가 그걸 가질 수만 있다면..." 콧날이 오똑한 위앤위앤은 말했다.

"그래, 붓을 가지고 있다면, 뭘 그릴까?" 큰 눈에, 짧게 자

른 머리카락으로 인해 마치 남자애 같아 보이는 장샤올리 라는
소녀가 물었다.

"한 번이라도 그릴 수 있다면?" 왕 빈은 손에 붓을 든 것과
같은 자세를 유지하며 진지하게 제안했다.

아이들은 잠시 생각에 잠겨 있다가, 거의 동시에 입을 열었다.

"난 새 책상을 그리고 싶어, 지난번에 숙제를 내려고 담임
선생님께 갔는데, 선생님 책상이 낡은 것을 봤거든..." 샤오만
은 말했다.

"내 말을 들어 봐. 나는 세계대회도 치를 수 있는 축구장을
우리 축구팀을 위해 그리고 싶어." 경쟁하듯이 위앤위앤이 말
했다.

"난 순경 아저씨들이 햇빛이나 비를 피할 수 있을 양산을
그리고 싶어." 저우 밍은 조용히 말했다.

"나는 다른 것은 그리지 않겠어. 그러나, 엄마를 위해 자동
세탁기를 그리겠어. 엄마가 매우 피곤해 하니..." 왕 빈이 속사
포처럼 이야기했다.

장샤올리 차례가 되었다.

"난...." 그 아이는 망설였다.

"어서 말해 봐." 다른 아이들이 재촉하였다.

"난 눈을 아주 많이, 아주 많이 그리고 싶어...그래서 그것들
을 우리 아빠의 동료들에게 나누어주고 싶어." 장 샤올리가 감
동스럽게 말했다.

아이들은 그만 말이 없었다. 만약 그들이 마법의 붓을 가질
수 있다면, 장 샤올리가 맨 먼저 그려야 한다고 모두 생각했다.
왜냐하면, 그 아이 부모님은 시청사 인근에 있는 시각장애인을
위한 공장에서 일하신다는 것을 알고 있었다.

DENG KAISHAN:

Medicina profesoro kaj lia patrino

Malvarmeta lumo de la luno enverŝiĝis tra la fenestro, kvazaŭ solidiĝinta fulmo. La medicina profesoro senmove staris antaŭ la fenestro kvazaŭ statuo skulptita de Auguste Rodin.

Pri kio li meditis?

Malproksime sur la ĉielo bolido falis en la obskuran abismon de la nokto kaj malaperis. Ho, ĉu ĝi ne similis al blindiĝinta okulo? Tiumomente sur la retino de la profesoro ripete presiĝis la sceno: Junulo kuŝis sur rompitaj vitraĵoj kaj la okuloj sangis. Doloro ĝerminta el la profesia moralo rodis la koron de la profesoro: Ho ve, difektiĝis al li la korneo kaj li blindiĝis, dronante en la senkolora mondo. Aŭ grefti korneon? Sed kie oni povas akiri sanan okulglobon? Se oni kontribuos la okulglobojn post sia morto, li povos starigi bankon de okulgloboj kiu povos redoni la lumon al blinduloj.

La lunlumo, kvazaŭ strio de travidebla muslino, kondukis lian meditadon en la senliman nokton; Kontribui okulglobojn post la morto — kiel sankta ago. Tio estis komparebla kun juna pozistino oferanta sian eburan korpon al la arto kaj ankaŭ kun bravulo verŝanta sian sangon por la patrio. Li ne sciis, kiom longe poste, la grizhara patrino eniris. Ŝi senbrue metis sur la tablon du kuiritajn ovojn.

"Mia infano, ĉu vi finis la skribadon?" Kiel kutime, la patrino opiniis, ke la filo estas skribanta disertacion.

"Ne, panjo, mi … finis." Respondante, li haste ŝovis la paperojn en la tirkeston.

Kio sekretigenda eĉ por la patrino? En suspekto la patrino faris stumblon kaj diris al la filo: "Vidu, denove min atakas vertiĝo. Iru preni medikamenton en mia ĉambro." La malgranda artifikaĵo forkondukis la filon. Kiel ajn saĝa estis la filo, li ne povis ĉiam superi la patrinon.

Kiam li revenis en la ĉambron, la patrino jam forestis. La du ovoj sur la tablo estis senŝeligitaj, kaj la taso da teo eligas vaporon. Sur la tablo en la lamplumo kuŝis lia "Propono pri donaco de okulgloboj de medicinistoj post la morto". Tuj sub lia subskribo estis la nomo de la patrino, emerita flegistino.

Jes, por medicino necesas aplombo. Sed la profesoro, konata kiel aplomba homo, sentis sian koron ondanta pro la ekscitiĝo. Larmoj perlis en liaj okuloj reflektante la lumon de la arĝenta luno...

떵 카이산

의과대 교수와 그의 어머니

차가운 달빛이 마치 굳어버린 번개처럼 창문을 통해 흘러들
어 왔다.

의과대 교수는 조각가 로댕의 조각 작품처럼 창문 앞에 꼼짝
않고 서 있었다.

그가 무얼 생각하고 있는가? 그는 무슨 생각을 하고 있는가?

먼 하늘에서 유성이 어두컴컴한 밤의 심연으로 떨어져 사라
져 갔다.

'아, 저것은 시각장애인 눈과 비슷한 것이 아닌가?'

그 순간, 그 교수의 망막 속에 반복해서 그 광경 -어떤 청년
이 유리 조각에 넘어지는 바람에 눈에 피를 흘리게 된 -이 상
으로 맺혔다. 직업적 도덕심에서 우러난 아픔은 그 교수의 마음
을 아프게 하였다.

'아, 가엽게도, 그는 눈의 각막을 다쳐 어둠의 세계로 빠져
앞을 이젠 못 보겠구나. 그런데 각막을 이식할 수 있으면 어떨
까? 그러나 어디서 건강한 눈동자를 얻을 수 있겠는가? 사람이
죽고 난 뒤 자신의 눈동자를 시각장애인들을 위해 기증해 준다

면, 그는 시각장애인들께 빛을 다시 볼 수 있는 안구은행을 세울 수 있을텐데.'

마치 투명한 무명천의 줄무늬처럼 달빛은 그의 사색을 무한한 밤 속으로 이끌어 갔다.

'죽어서 안구를 기증한다는 것은 얼마나 신성한 행동인가. 그것은 젊은 모델이 예술을 위해서 자신의 상아 같은 몸을 바치는 것이나, 군인이 용감하게 조국을 위해 피 흘리는 것에 비할 만해.'

그는 머리카락이 희끗희끗한 어머니께서 들어오신 지 얼마나 지났는지 모르고 있었다. 어머니는 아무 소리 없이 삶은 달걀 두 개를 책상 위에 올려놓았다.

"애야, 글 다 썼니?"

어머니는 평상시처럼 아들이 학술논문을 쓰고 있나보다 하고 생각하고 있었다.

"예, 엄마, 저는... 이제 끝냈어요." 아들은 대답하고는, 책상 위에 놓인 종이를 서랍 속으로 급히 넣었다.

'무엇인데, 에미에게조차도 저렇게 감추는가?'

의문이 생긴 어머니는 갑자기 현기증을 느낀 듯이 비틀거리며, 아들에게 말했다. "아, 또 현기증이 나네. 내 방에서 약을 가져다주렴."

아들은 어머니의 꾀에 넘어갔다. 아무리 영특한 아들이라도 언제나 어머니를 이길 수 없는 법.

아들이 다시 방으로 돌아오자, 어머니는 이미 나가고 없었다. 책상 위에 있던 달걀 두 개는 이미 껍질이 벗겨져 있었고, 찻잔엔 김이 모락모락 나고 있었다. 전구가 비치는 책상 위에는 그가 쓴 〈사후(死後) 의사의 안구 기증 제안서〉라는 글이 놓여 있었다.

그리고 아들의 서명 바로 밑에 간호사로 은퇴한 어머니의 이름이 쓰여 있었다.

그래, 의학엔 침착함이 필요하다.

그러나, 침착한 사람으로 알려진 의사인 아들 자신도 감동이 되어 마음은 파도처럼 술렁거렸다. 그의 두 눈의 눈물이 은은한 달빛에 반사되어 보석처럼 반짝였다.

CAO ZHENSHENG

Borde de Cuiliu-rivero

La zigzaga Cuiliu-rivero, prilumate de la subiranta suno, reflektis la oran kaj arĝentan brilon kaj kantante fluis al la foraj montoj. En la ombro de granda saliko apud la rivero paro da gejunuloj sidis sur herbejo punktita de lekantoj. La junulino estis Hehua, la plej ĉarma en la vilaĝo Cuiliu ĉe la malsupra fluo de la rivero, kaj la junulo estis Pan Ming, fosisto en karbominejo Cuiling ĉe la supra fluo de la rivero.

En la klara rivero speguliĝis iliaj figuroj, kaj la vespera vento kun akva odoro kaj lekanta parfumo disportis ilian rukuladon:

"Hehua, ĉi-foje mi intencas donaci ion al vi."

"Nenio mankas al mi, mi ne volas donacon."

"«Bredado de Angola Kuniklo» kaj «Animala Anatomio». Bonvole akceptu."

"Ho, kiaj bonaj libroj!"

"Vi ekĝojas, ĉu ne?"

"Jes. Kiel fartas viaj gepatroj?"
"Dankon, tre bone. Mi menciis vin antaŭ ili."
"Kial mencii min?"
"Tial ... hihihi."
"Vi ridas! Kiel ili opinias pri mi?"
"Ili ŝatas vin. Ili diris, ke mi elektis trafe."
"Lasu. Nenio mi estas, mi estas nur montano."
"Montanoj estas laboremaj, honestaj, virtaj, belaj...
"Vi stulta — nia loko estas malriĉa, nekomparebla kun urbo."
"Sed vi jam komencis riĉiĝi, kaj pliriĉiĝos estonte."
"Mi ne estas komparebla kun knabinoj en urbo, mi estas kampulo."
"Sed ĉio kreskas el kampo."
Du orioloj pepis, saltadis kaj petolis unu al la alia sur la arbo. Bulo da tero flugis al ili, kaj ili forflugis terurite.
"Kial forpeli ilin? Kia feliĉa paro ili estas."
"Ili malhelpas nian konversacion."
"···Ve!"
"Pro kio vi veas, Hehua?"
"Mi timas."
"Kion?"

"Printempe Xiaowu en via minejo trovis oficon en la urbo kaj rompiĝis kun sia fianĉino Xiaocui en nia vilaĝo. Ĉu vi forgesis?"

"Ne. Tiaj homoj estas malmultaj."

"Pan Ming..."

"Kio?"

"Via patro servas en la Labora Buroo[3], do kial vi ne petas lin havigi al vi laboron en la urbo?"

"Ne, mi ne volas forlasi Cuiliu-riveron."

"Vi mensogas. Kio de Cuiliu-rivero retenas vin?"

"Vi."

"Nur via lango mielas. Pasintfoje, apenaŭ ni komencis interparolon, iu venis al vi kaj vi tuj foriris de mi."

"Tiufoje perturbiĝis la aŭtomato de la karbosegilo."

"..."

"Sed mia koro... se vi ne kredas, vi povus elpreni mian koron por konstati mian fidelecon!"

"Kiel stulta!"

"Hehua, mi memoras, ke iu diris, ke oni ne komprenas la amon kaj ne scias kiel ami, se li ne amas sian aferon."

"Mi komprenas."

"Hehua..."

---

3) Ŝtata institucio zorganta labordonadon.

"Kio?"

...

Malgranda herbokarpo estis surprizita. Ĝi elsaltis el la akvo, ĵetis al ili subrigardon kaj denove enakviĝis restigante aron da cirklaj ondetoj kaj sulkoj sur la akvosurfaco. Kiam tute kvietiĝis la akvo, sur la rivero speguliĝis la vizaĝo ruĝiĝinta pro hontemo, kiel disvolviĝanta lotusfloro kun roso sur si. Kvazaŭ infektite ankaŭ la suno timide sin ĵetis en la sinon de Cuiling-monto restigante ruĝon sur la ĉielo...

추일리우강(翠柳河) 변에서

지는 해가 비치는, 금빛 은빛으로 윤슬길처럼 굽이진 추일리우강은 멀리 보이는 산을 향해 노래하며 흘러간다. 강변의 버들가지 그늘 아래, 관목들이 군데군데 커가는 풀밭에 젊은이 한 쌍이 앉아 있었다. 허화 라는 젊은 아가씨는 그 강 하류의 추일리우 마을에서 가장 예쁜 얼굴이었고, 판 밍이라는 청년은 이 강의 상류인 추일링 산의 탄광에서 일하고 있었다.

두 사람의 모습이 맑은 물속에 비치고, 물 내음과 관목의 향기를 담은 저녁의 바람은 그들의 속삭임을 실어 날랐다.

“허화, 오늘, 선물 하나 주고 싶어.”

“제겐 부족한 게 없어요. 선물은 바라지 않아요.”

“『앙골라 토끼 사육』과 『동물 해부학』이라는 책이야. 받아 줘.”

“아, 이런 좋은 책이 있었네요!”

“기분이 좋아졌구나.”

“네. 부모님은 잘 계세요?”

“고마워. 아주 잘 지내고 계셔. 부모님께 너 이야기를 했어.”

“왜, 제 이야기를?”

“저어, 그건...호호호.”

“웃네요! 그분들이 저를 뭐라 하셔요?”

“너를 좋아하셔. 내 선택을 칭찬해 주셨어.”

“그만 해요. 저는 하찮은 사람이에요. 산에 사는 사람일 뿐이라구요.”

“산사람은 부지런하고, 정직하고, 또 착하기도, 아름답기도 하지...”

“그런 어리석은 소린 말아요. 우리가 사는 곳은 도시와는 비교가 안 될 정도로 가난해요.”

“하지만, 이곳 사람도 부유해지기 시작했고, 앞으로 더 잘 살 거야.”

“도시 아가씨들과는, 제가 비교할 수가 없지요. 시골 농사짓는 처녀라구요.”

“하지만, 모든 사물이 논밭에서 나오는걸.”

그 두 사람이 있는 곳에서 가까운 나무 위에는 꾀꼬리가 지저귀며, 서로 장난하고 있었다. 갑자기 판 밍은 흙을 한 줌 집어 들어, 그쪽으로 던지자, 그 새들이 깜짝 놀라 멀리 달아났다.

“왜 새들을 쫓아 버려요? 행복해 보이는 한 쌍인 것 같은데요.”

“새들이 우리 대화를 방해하는 것 같아서.”

“...어휘!”

“왜 그렇게 애통해하지, 허화?”

“걱정이 되어서요.”

“무슨?”

"지난봄, 판 밍 오빠가 일하는 탄광의 샤오우 씨가 도시에
일자리가 생겨, 도시로 가는 바람에, 우리 마을에 사는 자신의
약혼녀 샤오추이와의 관계가 깨져 버렸던 거. 벌써 잊었나요?"

"아니. 그런 사람들은 많지 않아."

"판 밍 오빠..."

"왜?"

"오빠 아버님이 노동청에 근무하시는데, 오빠 일자리도 도시
쪽으로 부탁해 보지요?"

"추일리우강을 떠나고 싶지 않아."

"거짓말. 추일리우강의 무엇이 오빠를 붙잡는단 말이에요?"

"바로 너야."

"입술에 침이나 바르고 그런 말 하세요. 지난번에, 우리가
겨우 이야기를 시작했을 때, 누군가 오빠에게 다가오자, 오빠는
그만 나를 혼자 내버려 두고 가던데요."

"그땐 석탄 자르는 자동 톱이 고장이 나서 그랬어."

"..."

"내 마음을... 만약 못 믿겠다면, 이 진실한 마음을 꺼내 확
인이라도 해줄까?"

"농담하지 말아요!"

"허화, 자신이 하는 일을 사랑하지 않는 사람은 사랑을 이해
하지 못하고, 어떻게 사랑하는지도 모른다고 누군가 말했어."

"그럴 것 같아요."

"허화.."

"네?"

작은 잉어 한 마리가 깜짝 놀란 모양이었다. 그 잉어가 물 위

로 뛰어올라, 그 젊은 한 쌍을 슬쩍 보고는, 수면 위로 동그란 잔물결을 남기며 다시 물속으로 사라졌다. 물이 완전히 잔잔해졌을 때, 이슬을 머금은 연꽃처럼 부끄러움으로 붉혀진 한 얼굴이 그 강 위에 비쳤다.

마치 전염이라도 된 듯이, 태양도 하늘에 붉은빛을 남기며 수줍은 듯 추일링산 품속으로 들어가 버렸다.

Aigu

Ha, ĉu tiu ne estas Aigu? Jes, ĝuste estas ŝi, nedubeble. Karbenigra hartubero pendis malantaŭe de la kapo. En mia infaneco, mi ne scias kiu diris al mi, ke ŝia konusa hartubero nomiĝas "bovfekaĵamaseto" — "Vere ĝi al tio similas," mi ofte tiel pensis rigardante al ŝia okcipito. Tamen mi neniam diris tion al ŝi — mi ne volis ofendi ŝin. Sed nun mi konsciis, ke tio estis bagatela por ŝi.

Aigu stumble iras kun klinita kapo. Mi laŭte vokis ŝin: "Aigu..."

Mi estis vekita de mia krio.

La luno superverŝis la liton per pala lumo. Mi rigardis eksteren kaj vidis, ke la arĝenta lundisko pendis meze en la fenestro fikse rigardante min. Ho, ĝuste estis la luno, kiu kondukis min en songon por ke mi vidu Aigu, kiu mortis jam antaŭ multaj jaroj.

Aigu estis servistino en mia hejmo. Kiam mi

naskiĝis, ŝi jam laboris plurajn jarojn en mia hejmo. Mi tute ne atentis, de kie ŝi venis, same kiel mi ne interesiĝis pri niaj malnovaj mebloj aŭ parencoj kaj kiel mi neniam intencis demandi, de kie venis miaj gepatroj.

La scivolemon de infanoj vekis ne tio, sed la steloj sur la ĉielo aŭ floroj sur la kampo, lazura maro aŭ alta monto. Aigu estis nur la plej senbrila bildo en la kalejdoskopo de mia vivo, nek okulfrapa, nek alloga.

Tamen ŝia figuro foje kaj foje aperis nebule antaŭ miaj okuloj.

En vintraj matenoj ŝi, surhavante nigrajn tolajn ŝuojn, ofte revenis kun fasko da frititaj farunstrioj[4] en la mano.

En someraj vesperoj ŝi ofte reprenis la vestojn sunumitajn sur bambustangoj en angulo de la korto.

En aŭtunaj frumatenoj mi ĉiam aŭdis, ke ŝi balais falintajn foliojn ekster la fenestro.

Printempe, ŝi portadis plenplenan sitelon por akvumi florojn.

Antaŭ la Printempa Festo mi kaj ŝi kune muelis gluan rizon por fari dolĉan moĉion. Pluvo tiktakis. Aigu turnadis la muelilon kaj mi verŝadis rizgrajnojn en la trueton sur la muelilo. La muelilo knaris kaj

---

4) Kutima matenmanĝaĵo de ĉinoj.

mi imagis la guston de moĉio kun jujuboj.

En someraj vesperoj Aigu kutime havis palmfolian ventumilon en la mano kaj ronkis sur bambua kuŝseĝo. Mi tiklis al ŝi la nazon per herbeto, por ke ŝi tondre ternu...

Denove ekfloris la maljuna vintra umeo en angulo de la korto. Malmultiĝis la floroj, sed la aromo plaĉis kiel antaŭe, kaj la agrabla odoro disportiĝis tre malproksimen. Mi surgrimpis por derompi branĉojn, kaj Aigu laŭte kriis levante la vizaĝon al mi: "Atenton, vi atentu!"

Pasis plia jaro.

Iun tagon filino de Aigu venis de sia hejmvilaĝo por revenigi Aigu hejmen. Tiam mi havis jam pli ol 10 jarojn. Mi demandis al la avino: "Kial Aigu foriras de ni?"

"Ŝi maljuniĝis."

"Ĉu ni malŝatas ŝin pro la maljuneco?"

"Ne tial, mia dupeto. Ŝi restadis jam pli ol 20 jarojn ĉe ni kaj fariĝis membro de nia familio."

"Do kial ŝi foriras?"

"Ŝi revenas hejmon, en la kamparon. La homoj naskiĝas el koto, kaj denove fariĝas koto. Vi estas tro malgranda por kompreni tion."

La avino karesis mian kapon.

Ankaŭ Aigu karesis mian kapon.

“Kiam vi estis bebo, vi ne havis harojn, la vangoj
estis ruĝaj kaj rondaj, kiel maturaj pomoj.”

Aigu diris al mi, ke mi tiam manĝis sen apetito;
por manĝigi al mi, ŝi devis elpensi diversajn ludojn.
Post longa tempo la manĝaĵo tute malvarmiĝis, sed
mi eĉ ne prenis duonon.

Mia hejmloko estas malgranda insulo kun
malmultaj butikoj sur la unika strato. Kelkiam Aigu
butikis portante min en siaj brakoj. Mi fiksis la
avidajn okulojn sur la vitrinojn kaj murmuris al mi:

“Pupo, pupo, sed Aigu ne havas monon por
aĉeti.”

“Pomo, pomo, sed Aigu ne havas monon por
aĉeti.”

“Bombono, bombono, sed Aigu ne havas monon
por aĉeti.”

Malgaje rememorante pri la infaneco, mi petis
kun larmoj:

“Aigu, vi ne foriru.”

Aigu ekridetis vidigante la multe breĉitan
dentaron:

“Mia ĉerko estas hejme, mi maljuniĝis kaj ne
povas labori plu. Mi volas tombokuŝi apud la edzo.”

Mi premiĝis al ŝia sino, kaj ŝi viŝis miajn larmojn
per siaj raspaj manoj.

Mi rigardis ŝin ŝanceliĝe foriranta, kaj ŝia dorso

kurbiĝis pli akre.

Ŝi promesis gasti ĉe ni poste, sed ŝi neniam venis. Poste, pli da novaj aferoj ĉirkaŭis min, kaj ŝia figuro nebuliĝis en mia memoro.

Kelkajn jarojn poste mi renkontis ŝian filinon. Ŝi diris al mi, ke Aigu malsaniĝis tuj reveninte hejmen, kaj nelonge post tio ŝi mortis.

"Nun ŝia tombo jam estas plenkovrita de herboj."

Tiun nokton mi sendormis. Mi klare memoris, ke estis luna nokto. La arĝenta lunlumo superverŝis la liton same kiel nun. Mi rigardis eksteren tra la fenestro kaj trovis, ke ankaŭ la luno rigardis al mi en la fenestron.

"Salutas mi la lunon kun vintaso en la mano."5)

Sed mi ne havas vinon, mi tamen volas demandi al la hela luno: Kial dum la senfina tempopaso de la homa mondo oni devas suferi de disiĝo kaj havas absolute malsamajn sortojn?

Tiam almoviĝis granda peco da plumba nubo kaj kovris la arĝentan lundiskon, sekve ĉio estis englutita de la obskuro.

---

5) Verso de la ĉina antikva poeto Su Shi.

슈 페이

아이꾸 아줌마

　'아, 저분이 아이꾸 아줌마 아닐까? 그래, 틀림없이 바로 그 아줌마야.' 숯처럼 까맣게 틀어 올린 머리 뭉치가 머리 뒤통수에 달려있었다.

　내가 어렸을 때, 아줌마의 틀어 올린 머리를 "쇠똥 덩어리"라고 누가 나에게 얘기했는지 모르겠다. 나도 아줌마의 머리 뒤통수를 볼 때마다, 정말 쇠똥 같구나 하고 생각하였다. 그렇지만 한 번도 그 아줌마에게 그런 말을 하지 않았다. 아줌마를 괴롭히고 싶지 않았기 때문이었다. 그러나 지금은 아줌마를 생각해 보면, 그것은 아주 하찮은 것임을 나는 깨달았다.

　아이꾸 아줌마는 머리를 숙인 채 비틀거리며 걸어가고 있었다. 나는 큰 소리로 아줌마를 불렀다.

　"아이꾸 아줌마..."

　나는 그만 내가 부른 그 소리에 깜짝 놀랐다.

　달은 창백한 빛으로 침대를 비추고 있었다. 창밖을 내다보자, 은쟁반 같은 둥근 달이 밤하늘 한가운데 뜬 채, 나를 뚫어지게 내려다보고 있었다.

'아, 이미 여러 해 전에 돌아가신 아이꾸 아줌마를 볼 수 있도록, 나를 꿈속으로 이끌어 준 바로 그 달이네.'

아이꾸 아줌마는 우리 집의 입주 가사도우미였다. 내가 태어났을 때, 아줌마는 이미 여러 해 전부터 우리 집에서 일하고 있었다. 나는 우리 집의 오래된 가구들이나 친척에 대해선 흥미가 없고, 우리 부모가 어디서 왔는지 한 번도 물어보지 않았을 정도로 관심이 없었던 것과 마찬가지로, 나는 그 아줌마가 어디서 왔는지 전혀 관심이 없었다.

당시 우리 아이들 호기심은 그런 것이 아니라, 밤하늘의 반짝이는 별, 들판의 꽃, 푸른 바다 또는 높다란 산이었다. 아이꾸 아줌마는 내 인생의 만화경 속에서 눈에 띄는 존재도 아니고, 매력적인 존재도 아닌, 가장 색이 바랜 그림에 불과했다.

하지만 아줌마의 모습은 때때로 내 눈앞에 희미하게 안개처럼 나타나곤 하였다.

어느 겨울날 이른 아침, 아줌마는 검정 헝겊으로 만든 신을 신고서 한 손에는 튀김을 들고 종종 돌아오곤 하였다.

여름날 해가 질 무렵에는 아줌마는 때론 마당 구석에 있는 대나무 장대 끝에 말린 옷가지들을 걷어 오곤 하였다.

가을날 이른 아침, 아줌마는 창밖에서 떨어진 낙엽들을 쓸어 모으는 소리를 나는 언제나 들었다.

봄날, 아줌마는 양동이에 가득 물을 들고 와, 꽃에 물을 주곤 했다.

설날 전날, 나는 아줌마와 함께 쌀로 달콤한 떡을 만들었다. 그날은 비가 토닥토닥 내리고 있었다. 아이꾸 아줌마는 방아를 돌리고, 나는 방아 구멍 속으로 쌀을 부어 넣었다. 방아는 삐거

덕 소리를 내며 돌았고, 나는 대추가 점점이 박힌 떡의 달콤한 맛을 상상했다.

더운 여름날 저녁, 아줌마는 하얀 손에 야자수 잎으로 만든 부채를 들고, 대나무 등반이 의자에 기댄 채, 코를 골기도 했다. 내가 들에서 자라는 풀로 아줌마의 코를 간지럽히면, 아줌마는 천둥소리 같은 재채기를 했다...

정원의 한 모퉁이에는 아직 겨울임에도 불구하고, 오래된 매화나무 한 그루가 또 꽃을 피우고 있었다.

많지 않은 꽃이지만, 예전처럼, 그 향기는 내 마음에 들었고, 상큼한 내음은 먼 곳까지 퍼져 나갔다. 나는 그 나뭇가지들을 꺾으려고, 나무 위로 기어 올라가자, 아이꾸 아줌마는 나를 올려다보며 큰소리로 외쳤다.

"애야, 조심해, 조심해야 해!"

세월이 또 흘렀다.

어느 날 아이꾸 아줌마의 딸이 찾아와, 아줌마를 고향으로 모시고자 했다. 그때 이미 나는 10살이 넘은 아이였다. 나는 우리 할머니께 물었다.

"아줌마는 왜 우리를 떠나야 하나요, 할머니?"

"아줌마도 늙었단다."

"아줌마가 늙어, 우리가 싫어해야 하나요?"

"그렇진 않아. 애야. 아줌마는 벌써 20년 이상 우리와 함께 생활해 왔고, 이미 우리 가족 일원이 되어 있어."

"그런데, 왜 떠나야 해요?"

"아줌마는 시골의 고향으로 간단다. 사람은 흙에서 나서, 다시 흙으로 돌아가는 법이야. 너는 아직 어려 이해하기가 어렵겠구나."

우리 할머니는 내 머리를 쓰다듬어 주었다.

아이꾸 아줌마도 내 머리를 쓰다듬어 주었다.

"얘야, 넌 어렸을 때, 머리카락이 하나도 없는 적이 있었지. 그리고 뺨도 잘 익은 사과 마냥 불그스레하고, 둥글둥글했단다."

아이꾸 아줌마는 내가 그때 입맛이 없어 잘 먹지 않아, 나에게 밥을 먹이려고 여러 가지 놀이 방법들을 생각해 내어야만 했다고 말했다. 그런 음식이 나중에 시간이 지나 식어 버리게 되었지만, 나는 그 음식의 절반을 다 먹지도 못했다고 했다.

나의 고향은 길이 하나밖에 없고, 거리엔 가게도 몇 안 되는 자그만 섬에 불과했다. 때로 아이꾸 아줌마는 나를 팔에 안고 가게로 물건을 사러 가곤 했다. 나는 진열장을 탐욕의 눈으로 바라보며 혼자 중얼거렸다.

"인형, 인형을 사고 싶은데, 아아꾸 아줌마는 그걸 살 돈이 없지."

"인형, 인형을 사고 싶은데, 아아꾸 아줌마는 그걸 살 돈이 없지."

"사탕, 사탕도 사고 싶지만, 아이꾸 아줌마는 그걸 살 돈이 없지."

어린 시절을 우울하게 회상해 본 나는 눈물을 글썽이며 간청했다.

"아이꾸 아줌마, 가지 마세요."

아이꾸 아줌마는 듬성듬성 빠진 이를 드러내며 웃음을 지어 보였다.

“내 관(棺)은 집에 있단다. 나는 이제 늙어 더는 일을 할 수가 없단다. 아저씨 곁에 가 묻히고 싶구나.”

내가 아줌마 품에 안기자, 아줌마는 거친 손으로 내 눈물을 닦아 주었다.

나는 비틀거리며 떠나는 아줌마를 보고 있었다. 아줌마의 등은 더 분명하게도 구부려져 있었다.

아줌마는 훗날 다시 들르겠다고 약속했지만, 한 번도 다시 오진 않았다. 나중에 소식들이 들려 왔는데, 그 아줌마의 모습은 내 기억에서 안개처럼 희미해져 버렸다.

몇 년 뒤 나는 그 아줌마의 딸을 만날 수 있었는데, 그분은 아이꾸 아줌마가 고향으로 돌아오자 곧 병을 얻어 얼마 뒤에 돌아가셨다며, “이제 어머니 무덤엔 잔디만 가득 덮여 있단다.” 라고 전해 주었다.

그 날밤, 나는 잠을 이루지 못했다. 그날도 보름달로 밝은 밤이었다고 분명히 기억이 난다. 그날의 은은한 달빛은 지금처럼 침대를 비추고 있었다. 창밖을 보니, 역시 달도 창문을 통해 나를 내려다보고 있었다.

“손에 술잔을 들고, 저 달에 인사하네.”

나는 옛 시인 소동파의 시 한 구절을 읊조렸다. 그러나 나에겐 지금 술이 없다. 그렇지만 저 밝은 달에게 나는 묻고 싶다.

“인간의 삶에서 왜 사람들은 서로 헤어져야 하고, 서로 전혀 다른 운명을 가져야만 하는가?”

그때 시커먼 큰 구름이 다가와 은쟁반 같은 둥근 달을 덮자, 세상이 희미하게 되었다.

HAI HONG

Pordkurteno el paperruletoj

"Fanĉjo, morgaŭ eskortu min hejmen..." la patrino refoje tion ripetis al sia filo Liu Fan, kiam li apenaŭ revenis de laboro.

"Panjo, vi loĝis ĉe ni malpli ol unu monaton, kaj kial vi ĉiam volas reiri? Ĉu mi aŭ Yaping foje ofendis vin?"

"Ho, dio benu vin. Pro kio mi diru, ke vi kaj Yaping ofendis min? Dio benu vin!"

"Do kial... Se vi enuiĝas, sed ne volas promeni ekstere pro abazio, vi povas distri vin per televidado kaj aŭskultado de io el sonbendo. Ah, vi tre ŝatas aŭskulti Hŭangmej-operon[6], kaj mi aĉetis por vi du kasetojn." Tion dirante li tuj metis unu el ili en la magnetofonon kaj premis la klavon. Tuj eksonis el la aparato belaj kantoj el la opero "Edzino-feino de

____

6) Hŭangmej-opero estas loka opero en la ĉinaj provincoj Anhui kaj Hubei.

Kampulo Dong Yong": "Birdoj sur la arbo pepas en paro, feliĉaj geedzoj hejmeniras en gajo..." Ĉe tio tuj sereniĝis la faltoplena vizaĝo de patrino.

En la nokto, kuŝante en la lito, li pensis pri la peto de la patrino, kiun ŝi ripetis jam multfoje. Por diri sincere, li venigis la patrinon por ke ŝi estu pli zorge flegata, kaj cetere, ŝi jam baldaŭ estos 70-jara, kaj bezonas helpon. Efektive la patrino estis bone zorgata. La edzino Yaping laboris en la antaŭurbo kaj hejmenrevenas unu fojon ĉiusemajne, kaj neniu miskompreno aŭ malakordo okazis inter la patrino kaj bofilino. Sed kial la patrino ĉiam petadis iri hejmen en la kamparon? Li pensadis pri la kialo.

En la sekvanta tago, reveninte de laboro, Liu Fan en gajeco diris al la patrino: "Panjo, ĉu vi scipovas fari pordokurtenon el paperruletoj?"

Ŝi kapneis. Jes, ŝi longe vivis en la kamparo de la sudo kaj neniam vidis tian kurtenon.

"Panjo, mi ellernis fari tion ĉe mia amiko. Ne malfacile. Unue fari malgrandajn rulojn el paperpecoj, poste surfadenigi ilin. Tre facile. Panjo, ĉu mi instruu al vi?" vigle diris la filo. Estos bone, se nia ĉambro havos tian kurtenon. Sed mi ne havas la tempon por tion fari. Panjo, vi helpu min. Kaj cetere ĝi estas bone vendata kaj ĉiu povas vendiĝi je pluraj juanoj." La ekscitiĝo de la filo ridigis la patrinon, kaj ŝi konsentis kun ruĝa vizaĝo: "Bone, mi provu, sed mi timas, ke mi ne ellernos."

"Certe vi sukcesos," laŭte kriis Liu Fan. Ambaŭ patrino kaj filo ekridis.

La unua pordokurteno estis frukto de kunlaboro de Liu Fan kaj la patrino. Li instruis al la patrino fari paperruletojn, kolorigi, surfadenigi ilin, kaj pendigi la kurtenon al la pordo. Ho, kiel bele, la patrino surpriziĝis. "Faru plu, panjo, mi vendos ilin en foiro," petis Liu Fan.

Pli kaj pli lertiĝis la patrino en farado de la kurteno.

"Panjo," ĝoje diris Liu Fan, "matene, apenaŭ mi elmontris la kurtenon sur strato, oni tuj aĉetis ĝin kontraŭ 5 juanoj..."

La patrino sentis neesprimeblan ĝojon kaj faris kurtenon pli diligente kaj pli lerte. Ŝi povis aranĝi sur la kurtenoj bildojn de floroj kaj birdoj. Aprecante la kurtenojn, Liu Fan senĉese laŭdis: "Panjo, viaj kurtenoj fariĝas pli kaj pli belaj. Sed oni preferas, ke la kurtenoj portu bildon de umefloroj." Li volis fari kune kun la patrino, sed la patrino rifuzis al li: "Vi ne faru, vi bone ripozu, mi faras tiujn nur por forigi enuecon!"

La patrino silente faradis. "Panjo, jen kvar juanoj!" "Panjo, denove kvar juanoj!" "Panjo, jen..."

Ĉe tio la patrino ĉiam montris plenbuŝan ridon. Ja estis la unua fojo de post ŝia veno el la kamparo, ke ŝi ridis tiel ĝoje.

Prezentante staketon da bankbiletoj, Liu Fan diris al la patrino: "Panjo, ĉiuj tiuj monpaperoj estas viaj.." "Ne, mi ne bezonas," la patrino fordankis, "donu ilin al Yaping, ke ŝi aĉetu ion bezonatan, mi ne bezonas."

La filo petole ŝajnigis sin ĵaluza: "Kial vi ĉiam zorgas nur Yaping? Mi urĝe bezonas ŝtrumpojn."

La patrino ekridis: "Do aĉetu laŭ via plaĉo." "Sed kion aĉeti por vi? Baldaŭ venos vintro kaj vi bezonos kamellanan jakon," diris Liu Fan. La patrino jese skuis la kapon kaj daŭre faradis paperruletojn per la manoj tremetantaj.

Baldaŭ estos la novjara tago. Liu Fan volis kalki la ĉambrojn kaj venigis sian metilernanton Xiao Fang kiel helpanton. Ĉe vespermanĝo Xiao Fang subite diris al la patrino de Liu Fan: "Onjo, la pordokurtenoj de vi faritaj estas tre belaj, kaj dekkelkaj en nia laborejo jam havas ĝin. Ili ĉiuj intencis veni danki vin, sed majstro Liu malkonsilis nin. Ni estas tre dankemaj al vi."

"Nenio dankinda," ĝeniĝe diris la patrino, "la kurteno ne lerte farita, tamen vi multe pagis."

"Pagis? kiu pagis?" miris Xiao Fang. Samtempe li

sentis, ke lia piedo estis tretata, kaj rimarkis, ke la majstro okulsignis al li, kaj li tuj sin deturnis: "Ho jes, ni pagis, pagis..."

El la balbutado kaj mieno de Xiao Fang, la patrino ion komprenis kaj humidiĝis ŝiaj okuloj. Ŝi pensis, ke ŝi ne plu insistos en hejmenreveno, sed daŭre faros pordokurtenojn; ĉu ne estas interese fari ion utilan por la kamaradoj de la filo?

하이 홍

종이 두루마리로 만든 문 커튼

"판아, 내일 나를 내 집으로 데려다 줘...."

어머니는 아들 리우 판이 퇴근해 오자마자 또다시 아들을 졸랐다.

"어머니, 저희와 함께 계신지 한 달도 채 안 되는데, 왜 언제나 돌아가려고만 하나요? 저나 집사람이 어머니를 성가시다고 하나요?"

"아, 아냐. 너나 며느리가 나를 귀찮게 여긴다면 무엇 때문에 내가 너에게 그런 말을 해? 나, 원!"

"그러시면, 왜요...? 집에 계시는 것이 지루하시면 산책이라도 하시면 되는데, 몸이 불편하니, 밖에도 나가실 수도 없고. 텔레비전을 보시거나, 녹음기를 틀어 좋고 듣기도 좀 하세요. 참 어머니는 황메이 오페라7)를 즐겨 듣잖아요. 그리고 제가 어머니께 드리려고 테이프 두 개를 사 왔어요." 그리고는 아들은 곧 테이프 한 개를 전축에 넣어 켜 드렸다. 전축에서는 〈농부 뚱용의 선녀같은 아내〉라는 제목의 오페라에서 아름다운 음악이 흘

---

7) *주:중국 안휘(安徽)과 후뻬이(湖北) 지방의 오페라.

러 나왔다. "나무 위의 새들은 쌍쌍이 노래하고, 행복한 부부는 즐거운 마음으로 돌아가네...." 그러자 어머니의 주름진 얼굴은 곧 평온해졌다.

아들은 밤에 침대에 누워, 어머니가 여러 번 간청한 일을 생각해 보았다. 사실, 아들은 어머니를 잘 보살펴 드리려고 모셔 왔고, 머지않아 일흔의 나이가 되니, 누군가 옆에서 보살펴 드려야 했다. 아들은 어머니를 정성껏 모셨다. 며느리인 야핑은 도시 근교에서 근무하기에 일주일에 한 번 집을 다녀간다. 또 고부간의 갈등이나 오해는 전혀 없었다.

'그런데도, 왜 시골집에 가시려고 하실까?' 아들은 그 이유를 생각하고 또 생각했다.

다음날 아들 리우 판은 퇴근하여 집으로 돌아온 뒤, 어머니께 즐거이 말했다. "어머니, 문 커튼을 종이로 만들어 줄 수 있지요?"

어머니는 머리를 가로저었다. 그랬다. 어머니는 남부 농촌에서 오래 살아, 그런 커튼을 한 번도 본 적이 없었다.

"어머니, 제가 친구한테 그것을 만드는 법을 배웠답니다. 어렵지 않아요. 처음에 종이조각으로 작은 두루마리를 만들어, 이것을 실로 꿰매면 되지요. 아주 쉬워요. 어머니, 제가 가르쳐 드릴까요?" 아들은 활기차게 말했다.

"우리 방에도 그런 커튼을 달면 좋겠어요. 하지만 저는 시간이 없답니다. 어머니가 도와주세요. 더구나 우리는 그 커튼을 좋은 값으로 팔 수도 있답니다."

어머니는 아들의 극성에 미소를 보이며 동의했다.

"그래, 어디 한 번 해보자. 그런데 잘 배울 수 있을지 모르겠구나."

"틀림없이 잘 하실 겁니다." 리우판은 큰소리로 외쳤다. 어머니와 아들은 함께 웃었다.

처음으로 만든 문 커튼은 리우 판과 어머니의 합작품이었다. 아들은 어머니에게 종이 두루마리를 만드는 법, 색칠하는 법, 그것들을 실로 꿰매는 법, 또 문에 커튼 다는 법을 가르쳐 주었다. 처음 만든 문 커튼을 본 어머니는 그것이 얼마나 예쁜지 스스로 놀랐다.

"더 만드세요. 어머니, 제가 장에 내다 팔겠어요." 리우판은 어머니에게 부탁했다.

어머니는 커튼을 만드는 일에 더욱 능숙해졌다.

"어머니," 아들은 기쁜 마음으로 말했다. "제가 아침에 거리에 커튼을 내놓자마자, 사람들이 5위안8)에 사갔어요..."

어머니는 말할 수 없이 기뻐, 커튼을 더 열심히 만들었다. 어머니는 커튼 위에 꽃과 새 그림을 잘 배치할 수 있게 되었다. 리우판은 만들어진 커튼을 감정하면서 연거푸 어머니를 칭찬했다.

"어머니, 어머니께서 만든 커튼이 갈수록 아름다워집니다. 또 사람들은 매화꽃이 그려진 커튼을 더 좋아해요." 그는 어머니와 함께 만들고 싶었지만, 어머니는 그런 아들을 만류했다.

"너는 만들지 말고 푹 쉬어라. 나는 지루함을 이기려고 그걸 만드는 걸."

어머니는 말없이 문 커튼을 계속 만들었다.

---

8) *역주: 중국의 화폐 단위는 위안(YUAN, 元)이고, 구어에서는 '콰이(块)'라고 부른다. 보조 화폐는 쟈오(JIAO, 角, 구어에서는 '마오'라고 부른다)와 펀(FEN, 分)이 있다. 1元은 10角이자 100分이다. RMB는 중국 인민은행이 발행한 화폐인 인민페 기호로써 중국 내에서 사용하는 단위이다.

"어머니, 여기 4위안!"

"어머니, 여기 또 4위안!"

"어머니, 여기요..." 어머니는 아들이 돈도 불어 나고 있음을 알려 줄 때마다, 항상 입가에 큰 웃음을 보였다. 어머니가 시골에서 온 뒤로 그렇게 즐거운 웃음을 보이기는 처음이었다.

리우 판은 지폐를 한 뭉치 어머니께 보이며 말했다.

"이 지폐 모두 다 어머니 겁니다...."

"아냐. 나는 필요 없단다." 어머니는 거절하였다. "그 돈은 며느리를 주려무나. 필요한 걸 사도록 말이야. 나는 필요 없단다."

아들은 장난스레 질투하는 듯이 말했다. "어머니는 왜 항상 며느리 야핑만 생각해요? 저도 양말을 꼭 사야 하는데요."

어머니는 웃음을 터뜨렸다. "그러면, 네 마음대로 하려무나."

"그런데, 어머닌 뭐가 필요하시나요? 겨울이 다가오니, 어머니에겐 낙타 털 외투가 좋겠어요." 아들은 말했다.

어머니는 고개를 끄덕이고는, 계속 떨리는 손으로 종이 고리를 만들었다.

곧이어 설날이 다가왔다. 리우판은 방에 새로 페인트칠을 하려고, 자신의 회사 직원인 샤오 팡에게 도와달라고 했다. 그 일을 마친 저녁 식사 시간의 식탁에서 갑자기 그 직원은 리우판의 어머니에게 말을 했다.

"모친! 모친께서 만드신 문 커튼이 아주 이뻡니다. 우리 회사의 직원 십여 명도 이미 그 문 커튼을 가지게 되었답니다. 모두들 모친께 감사하다며 인사를 하러 오고 싶었는데, 아드님께서 이를 만류하는 바람에... 저희는 모친께 매우 감사하다는 말씀을 드리고 싶네요."

"뭘요. 고마워할 게 있나요?" 어머니는 약간 어색하게 말했다. "커튼을 잘 만들지도 못 했는 걸, 그분들에게서 돈을 많이 받은 것 같기도 하구요."

"돈을요? 누가 돈을 냈다는 말인가요?" 샤오 팡이 궁금해하자, 아들인 리우 판은 그 직원에게 눈을 찡긋하며 그의 발을 밟았다. 그래서 그는 눈치채고는, 곧 태도를 바꾸어 더듬거리며 말했다.

"아, 예, 저희가 돈으로 샀지요. 그 돈 저희가 냈지요..."

샤오 팡의 표정과 더듬거림을 통해 어머니는 뭔가 알아채고는 두 눈에 눈물이 촉촉했다.

어머니는 이제 더는 집으로 돌아간다고 고집부리지 말고, 계속 아들을 위해 문 커튼을 만들어 주어야겠다고 생각했다.

'아들의 동료들을 위해 유익한 것을 만들어 주는 것도 재미있는 일 아닌가?'

WANG ZIJIE kaj SHEN GUOZHI:

Rideto revenis al ŝiaj lipoj

Ruili movetis sian korpon en sonĝo kaj sentis sian dekstran flankon malplena. Ŝi subite vekiĝis. Antaŭ ŝiaj okuloj prezentiĝis blanka mondo: la blanka muro, blanka lito, blanka ŝranko, blanka litkovrilo kaj ankaŭ ŝiaj blankaj vestoj. Aĥ, kiel akre tio kontrastis kun la brilaj koloroj en ŝia sonĝo!

··· Estas ŝia estonta edziĝoĉambro, kies muroj ornamiĝas per pentraĵoj, kvazaŭ eksponejo. Ŝia Okulvitrulo, elstara diplomito el belarta instituto, estas absorbiĝe kopianta pentraĵon sur desegnotabulo kun peniko en unu mano kaj paletro en la alia.

"Ruili, venu, tio ja estas la Mona Lisa de Vinĉi. Rigardu, kiel kvieta rideto. Mi portretos ankaŭ vin en rideto. Via rideto estas bela kaj dolĉa. Mi sukcesos en tio; ĉu vi kredas?"

Ŝi, teksistino, malmulte scias pri arto. Ŝi amas

blankajn silkajn fadenojn, brilkolorajn silkaĵojn, kaj ankaŭ la gajan kunestadon kun la kamaradinoj. Ŝi tamen neniam konsciis, ke ŝia rideto vekas alies admiron...

Rideto glaciiĝis ĉe ŝia buŝangulo. Ŝi etendis sian maldekstran manon al la jam perdita dekstra brako. Ŝin atakis korŝira malĝojo. Kriplulo, timinda vorto, nun falis sur ŝin. La Okulvitrulo diris, ke Venero, malgraŭ senbraka, aspektas belega. Sed efektive ĝi estas nur ornama gipsaĵo. Se oni puŝas tian vivulon en lian vivon, ĉu li ankoraŭ opinias tiun bela? En ŝia koro leviĝis malkvieto.

"Ruili, vi estas tro senprudenta, ke vi kripliĝis pro homo tute fremda. Kion fari poste? Ĉu vi ne bedaŭras?" tiel diris ŝia Okulvitrulo.

"Ne. Mi ĉagreniĝas pro la perdo de la brako, sed mi savis alies vivon, mia faro estas inda..." Aŭdinte tion, la Okulvitrulo silentis.

"Mi fariĝis kriplulo kaj multe malhelpos vin en la kariero kaj vivo, ni do disiĝu!" Sonĝo forpasis. Sonĝoj en komato kaj realo finiĝis. La malkvieta koro de Ruili kvietiĝis.

La rideto iom post iom fariĝis amara. Ruili tirkovris per litkovrilo sian kapon. Ĉio malaperis, la edziĝoĉambro, la verkoj de la Okulvitrulo, la Mona Lisa de Vinĉi...

Kiam ŝi forŝovis la litkovrilon, ŝi vidis, ke la larĝŝultra junulo en laborvesto sidas ĉe ŝi. Tiutage, kiam postveturilo de kamiono estis tuj puŝiĝonta al li ĉe la vojkruciĝo, estis ŝi, kiu forte puŝis lian biciklon, dum ŝi mem falis teren kaj ŝia dekstra brako...

La viro ekrigardis al ŝi kaj plorĝemis: "Mi jam informiĝis pri la tuta afero. Pro mi vi perdis ĉion. Estas mi, kiu pereigis vin. Mi... mi volas servi al vi dum la tuta vivo, kaj nur tiele mia koro liberiĝos de ĉagreno."

Ruili skuetis la kapon: "Kompato kaj simpatio ne povas anstataŭi amon. Ne ĝenu vin per rimorso. Mi bone aranĝos mian vivon."

La suno heligis la blankan ĉambron tra la larĝa fenestro. Ŝi rigardis eksteren tra la fenestro kaj vidis, ke la intensa trafiko ĉe la vojkruciĝo estas la bona ordo sub la alternaj lumoj de semaforo. Rideto revenis al ŝiaj lipoj.

왕 쯔지에, 선 꾸어즈

그녀의 입가에 되살아난 웃음

르우일리는 혼미 속의 꿈으로 몸을 뒤척인다. 자신의 오른 팔이 텅- 빈 것을 느끼자, 갑자기 잠에서 깼다. 그녀의 눈앞에 온 세상이 하얗다. 하얀 벽, 하얀 침대, 하얀 이불, 또 그녀가 입고 있는 하얀 옷. 아! 이것은 자신이 꿈속에 보았던 휘황찬란한 색깔과 얼마나 대조가 되는가!

...미래의 그녀 신혼 방 벽은 마치 화랑처럼 그림들로 장식되어 있었다. 미술학교를 좋은 성적으로 졸업한, 그녀의, 안경 쓴 남자는 한 손엔 붓을, 다른 한 손엔 빠레트를 들고 화판에 그림 그리기에만 열중하고 있었다.

"르우일리, 이리와 봐. 이건 정말 다빈치가 그린 모나리자야. 자 봐, 조용한 미소라고. 나도 살며시 웃는 네 초상화를 그리고 싶어. 네 미소는 정말 예쁘고도 귀여워. 난 아주 잘 그릴 거야. 믿을 수 있겠지?"

르우일리는 방직공이라 미술에 대해선 거의 아는 것이 없었다. 그녀는 하얀 비단 실과 반짝이는 비단 옷감과, 동료들과 즐

겹게 어울리며 지내는 것을 좋아했다. 그러나 그녀는 자신의 미소가 다른 사람의 감탄을 불러 일으킨다는 사실은 전혀 인식하지 못하고 있었다...

르우일리의 미소는 입가에 얼어붙어 있었다. 그녀는 이미 잃어버린 오른팔 쪽으로 왼손을 뻗었다. 그녀는 가슴이 찢어지는 듯한 슬픔으로 전율하였다. 혼란스럽게도 장애인이라는 낱말이 그녀에게 붙게 되었다. 그 안경낀 남자는 비너스라는 사랑의 신도 팔이 없지만 매우 아름답다고 말했다. 그러나 그것은 장식용 석고상에 불과하다. 만약 그 남자에게 그런 사람이 운명처럼 나타난다면, 그는 그 사람을 여전히 아름답다 하겠는가? 그녀는 마음속에 동요가 일었다.

"르우일리, 너는 전혀 모르는 사람을 구하느라 네 팔을 잃게 되었다니 안되었군. 그런 뒤에 무엇을 할 수 있겠니? 유감스럽지 않아?" 그 안경 낀 남자가 말했다.

"아니, 내 팔을 잃은 것은 애석하지만, 다른 사람 목숨을 구했으니 내가 한 행동은 가치 있는 일이었어..." 그녀의 말에 안경 낀 남자는 할 말이 없었다.

"나는 장애가 있어 당신의 경력과 인생에 방해만 될 터니 우린 헤어져요!"

꿈은 사라져버렸다. 인사불성 속의 꿈과 현실의 꿈은 모두 끝나 버렸다. 흥분해졌던 르우일리의 마음은 다시 차분히 가라앉았다.

르우일리의 미소는 점점 쓸쓸하게 바뀌었다. 르우일리는 이불을 끌어당겨 자기 머리까지 뒤집어썼다. 모든 것이 사라져 버렸다. 신혼 방도, 안경 낀 남자의 작품들도, 다빈치의 모나리자도...

르우일리가 이불을 걷었을 때, 작업복을 입고 어깨가 벌어진 청년이 그녀 옆에 앉아 있는 것을 보았다.

그날 그 교차로에서 화물트럭의 짐칸이 그 청년과 부딪히려는 그 순간, 바로 그녀가 그 청년이 타고 있던 자전거를 한쪽으로 힘껏 밀치고는, 대신 그녀 자신이 땅바닥에 넘어져 그만 오른팔을....

그 청년은 르우일리를 바라보며, 울먹거렸다.

"그 일에 대해 벌써 전부 다 들었습니다. 저 때문에 당신은 모든 것을 잃어버렸습니다. 당신을 절망에 빠뜨린 사람은 바로 접니다. 저는... 저는 당신을 평생 곁에서 돌보아 주고 싶어요. 그것만이 제 마음의 고통을 벗어나는 길입니다."

르우일리는 고개를 내저었다.

"연민과 동정은 사랑을 대신할 순 없어요. 양심의 가책으로 괴로워하지 말아요. 나는 나 스스로 내 삶을 살아갈 수 있어요."

넓은 창문을 통해 들어온 햇살은 하얀 방을 밝게 비추었다. 그녀는 창밖을 내다보고, 사거리의 많은 차량들이 신호가 바뀜에 따라 질서정연하게 통행하는 것을 보고 있었다. 그녀 입가에 잔잔한 웃음이 다시 떠올랐다.

ZHOU HUAYU

Dispono pri premio

Neĝflokoj falis sur lian ruĝan ĝojplenan vizaĝon kaj tuj degelis. Li lekis la likvaĵon per langopinto kaj ŝmace gustumis ĝin — ho, kiel dolĉa! Li sentis, ke ankaŭ la neĝflokoj gratulis al li.

Lia maldekstra mano firme tenis en la poŝo de la raglano paketon kaj li sentis koran ĝojon. En la paketo estis 200 juanoj, kiujn li akiris kiel premion. Ĵus antaŭe, Fabrikestro Liang, kun neĝflokoj sur la vesto, venis en la galvanizejon kaj donis al li la monon kun varma gratulo, ke lia nova tekniko en galvanizado honorigis la fabrikon. Kion diris plu la fabrikestro? Li etendis la dekstran manon kaj ekrigardis al ĝi: La ŝvela mano ruĝis kiel rafano krevinta pro frosto, kaj falis la haŭtoj sur la mandorso kaj manplato. Ho, ĵus antaŭe la fabrikestro firme tenis lian manon kaj diris emocie: "Ĉu anafilaksio pro la eksperimenta substanco? Ve, ni tro malmulte prizorgis vin..." Kaj tiu sola vorto varmigis al li la koron kaj ebriigis lin de la vizaĝo ĝis la koro. Estas strange, ke por iuj homoj, unu simpatia vorto estas jam sufiĉa por kontentigi, emocii kaj eĉ larmigi ilin. La fabrikestro demandis lin plie, kian malfacilon li frontas, kion li bezonas. Kaj li nur skuadis la kapon pro emociiĝo kaj diris balbute: "Nenian malfacilon mi havas... mi nur esperas, ke mi havos laboratorion."

Tiumomente li palpebrumis kaj lia penso vagis de lia ŝvela mano al la malgrasaj krevintaj raspaj manoj de la edzino. Ektremis lia koro. La edzino estis ŝarĝita de tro multaj laboroj: ŝi devis mem aĉeti grenon kaj karbon, prepari manĝaĵojn, lavi vestojn... Sed li neniom povis helpi al ŝi, kaj kontraŭe, ŝi ofte devis porti manĝaĵojn al li en la laborejon. Ŝi ekzamenis la hejmtaskojn de la lernantoj ofte ĝis profunda nokto, kaj antaŭ heliĝo ŝi jam devis rapidi al la lernejo malproksima de la hejmo... Oj, ĉu tio ne estas malfacilo? Kial ne plendi pri tio antaŭ la fabrikestro? Li bedaŭre viŝis sian vizaĝon per sia raspa mano: Oj, ĉu mi stultiĝis ĵus antaŭe? Kia bona ŝanco, tamen mi perdis ĝin! Kion mi diros al la edzino?

Vento alblovis kun neĝo, kaj li levis la ŝultrojn, ŝovis la dekstran manon en la poŝon. Lia maldekstra mano sensis la varmetan paketon, kaj li ekĝojiĝis kun la koro faciligita.

La tutan sumon li decidis donaci al la edzino. Li planis aĉeti por ŝi donacaĵojn...

Ĉu aĉeti belan jakon? Jes, nepre aĉeti por ŝi belan jakon. Ŝi havis dakronan jakon, sed foje ŝi pendigis la jakon en la koridoro por sekigi, kaj li faris sur ĝi truon pro sia eksperimento. Jen decidite! Aĉeti por ŝi jujubkoloran jakon, tiun koloron ŝi tre ŝatas.

Aha, la edzino plej urĝe bezonas paron da galoŝoj. La vojo inter la hejmo kaj lernejo fariĝis kota pro pluvo, sendube estas necese aĉeti unue por ŝi paron da belkoloraj galoŝoj.

Ne, ne, la 200 juanoj devas esti uzataj por la plej necesa bezonaĵo. Pli bone aĉeti lavmaŝinon. Ŝiaj manoj maldelikatiĝis tute pro la senĉesa lavado de liaj malpuraj bluzoj plenaj de acido, rusto kaj oleo...

En la pasintaj tri jaroj li oferis ĉiun sian tempon por la eksperimento kaj malmulte pensis pri la edzino tiel amplene kiel nun. Nun ĉe la ekpenso pri la edzino, leviĝis en lia koro dolĉa tenereco... En pasio li paŝis pli haste.

Li facilmove puŝmalfermis la pordon.

Ankaŭ la edzino revenis ĵus antaŭe. Ŝi estis forbatanta la neĝon sur la vesto. La vangoj ruĝiĝis de frosto, kio pli ĉarmigis ŝin.

Li paŝis antaŭ ŝin kaj en pasio kaptis ŝiajn fajlilajn krevintajn manetojn, amplene ŝovis la paketon en ŝian manon. Karese varmiganta ŝiajn manojn per siaj ŝvelaj manoj, li murmure diris en ekscitiĝo:

"Mia kara, en la lastaj tri jaroj vi multe oferis por mi... Tio estas premio de 200 juanoj. Kion vi plej urĝe bezonas? Vi mem aĉetu!"

Ŝi levis la okulojn kaj vidante lian mienon, ekridetis malgraŭ larmoj. Ŝia rideto estis ĉarma, sed morna:

"Mia kara, via vorto jam estas sufiĉe kontentiga por mi... nenion alian mi bezonas. Estas sufiĉe, ke vi sukcesis. Eble en la venonta dimanĉo ni povos kune promeni en parko aŭ ĉeesti balon...

Fikse rigardante la edzinon, li nenion povis diri. Post tempeto li subite konsciis ion, forte prenis la edzinon en sian varman sinon. Degelis la neĝo sur ŝiaj ŝultroj. Kaj larmoj longe tenitaj en liaj okuloj falis sur la velurajn harojn de la edzino...

상금을 어디에?

눈송이가 기쁨으로 빨그레한 그의 얼굴에 닿자 마다 곧 녹아 내렸다. 그는 그 녹은 눈을 혀끝으로 핥아 보고서 맛을 음미해 보았다. 아, 얼마나 달콤한가! 그는 눈송이조차 자신을 축하해 주는 것 같았다.

그는 영국 군인 식 외투 호주머니 속에 들어 있는 조그만 선물 상자를 왼손에 꼭 쥐어 보며 속으로 기쁨을 느꼈다. 그 상자 안에는 상금으로 받은 200위안이 들어 있다. 조금 전에 눈이 옷에 끊임없이 내렸을 때, 리앙 공장장은 전기도금실로 와, 그가 개발한 새 전기도금기술이 회사에 큰 영예를 가져다 주었다고 칭찬하며, 그 상금을 주었다. 그리고 그 공장장은 무슨 말을 더 하였던가? 그는 자신의 오른손을 내밀어 보였다. 부은 손은 얼어, 갈라진 무처럼 붉게 물들어 있었고, 손등과 손바닥도 피부가 벗겨져 있다. 아, 조금 전 공장장은 그의 손을 굳게 잡고 감동하여 말했다.

"실험으로 입은 증상이군? 저런, 그동안 우리가 너무 무관심 했구나..."

공장장의 그 말 한마디에 그의 마음은 따뜻하게 녹아내렸고, 온몸도 도취가 될 지경이었다. 이상하게도 어떤 사람은 그런 한마디의 위로에 충분히 만족하고, 감동하고, 심지어 눈물조차 흘린다. 공장장은 나아가 그에게 어려움은 없는지, 또 필요한 것은 무엇인지 물었다. 그러나 그는 감동으로 단지 고개를 내저으며 더듬거렸다.

"어, 어려움은 없지만, 저기요, 그저 연구실이나 하나 있었으면....해요"

그 순간 그의 눈앞엔 자신의 부은 손과 아내의 갈라진 거친 손이 어른거렸다. 그의 심장은 떨렸다. 아내에게 너무 많은 짐을 지웠다. 아내가 직접 양식과 연탄을 사 와야 했고, 식사를 준비해야 하며, 빨래도 해야 했다... 하지만 그는 아내를 전혀 도와주지 못했고, 오히려 아내가 종종 남편 식사를 준비해 가져다주기도 하였다. 그리고 아내는 학생들 숙제를 밤늦게까지 점검해 보고 있었고, 날이 밝기도 전에 집에서 멀리 떨어진 학교로 서둘러 출근해야 했다...

'참, 그런 것이 어려움이 아닐까? 왜 공장장님 앞에서는 그런 하소연을 하지 못했지?'

그는 애석한 듯이, 거친 손으로 얼굴을 훔쳤다.

'아, 내가 좀 전엔 어리석었던가? 그렇게 좋은 기회를 놓치다니! 아내에겐 뭐라 말하지?'

눈이 바람에 휘날리자, 그는 어깨를 움츠리며, 오른손을 주머니 속으로 집어넣었다. 왼손엔 그 상자가 따뜻한 것을 느끼자, 마음이 다시 가벼워 즐거워졌다.

그는 상금 전부를 아내를 위해 쓰기로 마음을 정하고는, 선물을 사주기로 했다.

'멋진 윗옷 하나 사줄까? 그래 아내에겐 멋진 윗옷을 하나 사주자!' 아내는 나일론으로 된 윗옷을 하나 가지고 있지만, 아내가 복도에 말리려고 내놓았는데, 그가 그만 실험하다 구멍을 내버렸다. '이제 결정했어! 아내가 좋아하는 대추나무 색깔의 윗옷을 하나 사주자.'

'아, 참, 아내에겐 장화가 더 급해. 집에서 학교까지 가는 길은 비만 오면 진흙투성이지. 아름다운 장화 한 켤레를 사 줘야겠어. 장화가 가장 급해.'

'아니, 아니야. 200위안에 맞는 걸 사야지. 세탁기가 낫겠어. 아내가 산성용액과 녹물, 기름으로 범벅이 된 그의 얼룩진 작업복을 끊임없이 빠느라고 아내 손이 완전히 볼품없게 되어 버렸어...'

지나간 3년 동안, 그는 모든 시간을 실험과 연구에 바쳐, 지금 이 순간처럼 아내를 생각할 틈이 거의 없었다. 이제 아내를 생각하자마자, 그의 마음속에는 부드럽고도 달콤한 감정이 생겼다... 그는 그런 열정으로 더 빨리 집을 향해 걸었다.

그는 출입문을 가볍게 밀쳐 열었다.

아내도 방금 귀가해, 옷에 묻은 눈을 털고 있었다. 추위 빨개진 아내 얼굴은 더욱 사랑스러워 보였다.

그는 다정하게 아내 앞으로 다가가, 아내의 여러 갈래로 갈라진 작은 손을 꼭 잡아서는 선물 상자를 그 손안으로 밀어 넣었다. 그는 부은 손으로 아내의 손을 따뜻하게 어루만지며 흥분된 어조로 말했다.

"여보, 지난 3년 동안 당신은 나를 위해 정말 수고했어요... 이건 상금으로 받은 200위안이오. 사고 싶은 것이 무엇이오? 당신 마음대로 사구려!"

아내는 자신의 눈을 들어 그의 얼굴을 바라보며 눈물을 글썽이며, 미소를 지었다. 아내 미소는 매력적이지만 슬픔을 담고 있었다.

"여보, 당신 그 말 한마디에 난 충분히 만족하고 있어요... 아무 것도 필요 없어요. 당신이 성공한 것만으로도 충분해요. 다가오는 일요일엔 우리 함께 산책할 수 있겠고, 아니면 무도회도 갈 수 있겠지요..."

아내를 똑바로 바라보며, 그는 아무 말도 할 수 없었다.

잠시 후, 그는 갑자기 뭔가를 깨닫고는, 아내를 자신의 따뜻한 가슴 쪽으로 당기며 힘껏 껴안았다.

아내 어깨 위의 눈이 녹아내렸다.

그리고 오랫동안 고여 있던 그의 눈물이 아내의 부드러운 머리카락 위로 떨어지고 있었다.

Manoj de pediatro

Kontraŭ tranĉa vento, juna satiristo Leng Ling haste venis al la infana hospitalo, kunportante bebon de nur 20 tagoj.

Ĉe la du giĉetoj de la registrejo svarmis patrinoj kaj patroj maltrankvilaj, kun brovoj kuntiritaj, kaj vizaĝoj malserenaj. La beboj en iliaj brakoj senĉese ploradis kvazaŭ rakontante sian suferon.

Kiel malrapide! Oni longe vicatendis por sin registri.

Leng Ling rigardis en la giĉeton starante sur la piedfingroj kaj vidis, ke du junaj knabinoj, gaje ŝercante, malrapide akceptas la pagon kaj limake skribas registrilon. Foje ili eĉ ĉesis laboro, pinĉis la vangon unu al la alia...

Kiam Leng Ling estis flamiĝonta por ilin kritiki, virino post li ektiris al li la baskon: "Lasu, ilin ne incitu."

Leng Ling apenaŭ sukcesis subigi sian koleron. Finfine li finis la registron.

La konsultejo estis meblita per du tabloj ĉe la fenestro. Ĉe la tabloj vid-al-vide sidis kuracisto kaj kuracistino. La kuracisto estis altastatura, forta kaj sunbruna. "Li similas al forĝisto," pensis Leng Ling.

La kuracistino estis svelta delikatulino, kun infaneco sur la vizaĝo. "Internulino el medicina instituto," divenis li. Li tamen esperis, ke lian filon akceptos afabla maljuna kuracistino.

La kuracistino estis preskribanta. La kuracisto apenaŭ finis traktadon al novnaskito suferanta afton.

"Liang Xiazai," laŭte vokis la kuracisto, la voĉo konformis al lia staturo.

Maldike vestita kamparanino haste aliris, kun bebo en la brakoj vindita per nigra kruda tolo.

La forĝisteska kuracisto ekrigardis al ŝi kaj diris kun kuntiriĝintaj brovoj: "Kial vi ne pli multe vestas vin en tia malvarma vetero? Kion fari, se vi malsaniĝos?" Li diris en kruda tono, kvazaŭ edzo ordonema.

"Ĝi ne suĉas lakton... ploradis la tutan nokton, neniel mi povis kvietigi ĝin..." rakontis la virino.

La forĝisteska kuracisto aŭskultis kun mieno senesprima, frotante al si la manojn.

"Eble liaj manoj jukas de la haŭtmalsano," pensis

Leng Ling.

Fine la kuracisto ĉesis manfroti kaj elprenis la kapon de la stetoskopo el sub la kitelo. Li frotadis ĝin en sia mankavo kaj delikate ŝovis ĝin en la sinon de la bebo. Post stetoskopado li reŝovis ĝin en la kitelon. Li kunfrotis la manojn kelkan tempon kaj ekpalpis sur la ventro de la bebo...

Kaj antaŭ ĉiu paciento la kuracisto ripetis manfrotadon.

La penso de la satiristo vagis de la kuracisto emanta froti la manojn al la du knabinojn en la registrejo. Profesia kutimo instigis lin fari skizon pro sia satiro. Kian titolon preni? "Manfrotado"? "En Registrejo"? Ne, ne akraj, tro palaj...

Laŭta voko de la forĝisteska kuracisto tiris la satiriston al la realo. Li vokis la nomon de la filo de Leng Ling.

Leng Ling sidiĝis kaj rakontis la simptomojn de la filo, ne forgesante rigardi liajn grandajn manojn en frotado. Li klare vidis pro proksimeco, ke liaj manoj estas sanaj, sen ajna anormala aspekto.

Verŝajne tio estis lia emo. Sed kiom da tempo tiu emo vanigis! Se li estus konscienca kaj simpatia al la pacientoj, li certe ne tiel sensence, senĉese frotadus siajn manojn!

Finfine la kuracisto ĉesis froti kaj komencis

stetoskopi kaj palpi la ventron de la bebo. Li turnis sian rigardon de la vizaĝo de la bebo, flanken levis sian kapon, kaj atente aŭskultis. Kiam lia rigardo falis sur la kuracistinon kontraŭe sidantan, li subite diris: "Ne tiele! Viaj fingroj kaj la stetoskopakapo estas malvarmaj, povas timigi bebon kaj ankaŭ malsanigi ĝin. La ventro de bebo estas tre delikata, kaj ne povas elteni subitan eksciton de malvarmo. Vi devas froti la manojn ĝis varmiĝo, kaj la stetoskopan kapon ne tenu ekstere, sed sub la kitelo..."

La kuracistino ruĝiĝis senĉese kapjesante.

Ankaŭ Leng Ling ruĝiĝis. La manoj de pediatro... la giĉetoj de la registrejo... la apenaŭ skizita artikolo...

Adiaŭante la satiristo diris dankon al la forĝisteska kuracisto, en plena sincero sen ajna satireco.

소아과 의사 선생님의 손

살을 에는 듯한 바람이 불고 있는데도, 젊은 풍자문학가인 렁 링은 태어난 지 20일밖에 되지 않은 갓난아기를 안고 황급히 소아과 병원으로 달려갔다.

병원 접수처의 창구 두 곳에는 수많은 보호자가 자신들의 얼굴에 수심이 가득한 채, 또 양미간을 찌푸린 채, 초조하게 자신의 차례를 기다리고 있었다. 그들의 팔에 안겨 있던 아기들은 자신의 고통을 알리려는 듯이 끊임없이 울었다.

'왜 이리 늦어!'

사람들은 오랫동안 접수하려고 자신의 차례를 기다리고 있었다.

렁 링이 발뒤꿈치를 들어 접수대 안쪽을 보니, 젊은 간호사 둘이 즐겁게 농담하며, 아주 천천히 요금을 받고, 달팽이처럼 꾸물대며, 접수용지에 뭔가를 써넣고 있었다. 어떤 때는 그들이 일을 중단하고, 서로 얼굴을 꼬집기도 하였다.

렁 링이 그들을 질책하려고 화를 내려 하자, 바로 뒤에 차례를 기다리던 아주머니가 옷자락을 당겼다.

"내버려 두세요. 저 사람들을 자극하지 말아요."

렁 링은 겨우 분을 삭이고, 접수를 마쳤다.

　진료실 안쪽 창가에 책상이 2개 놓여 있었다. 그 책상 두 곳에 남자 의사 선생님과 여의사 선생님 두 사람이 서로 마주하고 앉아 있었다. 남자 의사는 훤칠한 키에, 건강하며, 햇빛에 거슬린 피부였다.

　'저 의사는 꼭 대장장이 같군.' 렁 링은 생각했다. 여의사는 소녀같이 앳되어 보이고, 날씬한 체격을 하고 있었다.

　'인턴이겠구나.' 그는 그렇게 추측했다.

　그는 이 병원으로 들어서면서, 친절하고도 나이 지긋한 여의사 선생님이 자신의 아이를 진료해 주었으면 했다.

　여의사는 처방전을 작성하고 있었다. 남자 의사는 아구창으로 괴로워하는 신생아의 진료를 거의 마치고 있었다.

　"량 샤짜이," 남자 의사는 자신의 체구에 어울리는 큰 목소리로 불렀다.

　얇은 옷을 입은 마을 아주머니가 거친 까만 천으로 아기를 두 팔에 감싸 안은 채 급히 들어섰다.

　대장장이 같은 그 남자 의사 선생님은 그 아주머니를 바라보고는 두 눈을 찡그리며 말했다.

　"이런 추운 날씨에 왜 옷을 더 껴입지 않아요? 만일 엄마마저 아프면 어쩌려고요?"

　그 남자 의사 선생님은 마치 남편이 명령하듯 거친 목소리로 말했다.

　"아이가 젖을 전혀 먹지 않아요... 밤새 울어 어찌할 줄을 모르겠습니다. 선생님...."

　그 아주머니가 말했다.

대장장이 같은 그 의사는 두 손을 비비며 무표정하게 듣고 있었다.

'아마 의사의 손이 피부병으로 가려운가 보다.' 렁링은 생각했다.

남자 의사는 마침내 손을 비비던 것을 멈추고, 자신의 가운에서 청진기를 꺼냈다. 그는 청진기를 자신의 손으로 문질러 닦고는 조심해서 아기 배에 가져갔다. 그는 청진기를 몇 번 대 보고는, 다시 그것을 자신의 가운 안에 넣었다. 그 남자 의사는 다시 손을 비비고는, 그 아이 배를 만지기 시작했다... 또 그 남자 의사는 모든 환자 앞에서 자신의 손을 비비는 것을 되풀이하였다.

그 풍자문학가는 그 남자 의사의 손을 비비는 일부터 접수처의 두 간호사 일까지 생각을 해 보았다.

직업적 습관이 그의 풍자에 대한 작품 구상을 부추겼다.

'무슨 제목을 달까? 손 비비기? 아니면 접수처에서?'

'아냐, 아니야. 그건 너무 날카롭고, 너무 우울해.'

대장장이 같은 그 남자 의사 선생님의 큰 목소리에 그만 그 풍자문학가는 자신의 공상에서 깼다. 그 남자 의사 선생님이 렁링의 아들 이름을 부른 것이다.

렁 링은 남자 의사 선생님 앞의 자리에 앉아, 아들 증세를 이야기했다. 그러면서도 그는 그 남자 의사 선생님이 비비는 두 손을 보는 것을 잊지 않았다. 그가 가까이서 보니, 그 의사의 손은 정상임을 알 수 있었다.

'이것은 틀림없이 이 의사의 버릇이구나. 그런데, 이 버릇으로 얼마나 많은 시간이 낭비되는가! 만약 그가 양심적이고 동정적인 의사라면, 손을 비비는 일 따위란 그만해야 하지 않는가!'

마침내 그 의사 선생님은 손을 비비는 것을 멈추어, 청진기를 대어, 아기 배를 만져 보았다.

그는 아기 얼굴에서 눈길을 돌려, 고개를 돌려 옆을 보며 귀를 기울여 보았다. 마침 남자 의사 선생님은 맞은 편에 앉아 있는 여의사 선생님과 눈길이 닿자, 갑자기 말했다.

"그러면 안 되지! 손가락과 청진기가 그렇게 차가우면 아기가 놀라 병이 더 심해질 수 있어요. 아기 배는 아주 민감해서 갑자기 차가운 자극에 이겨내지 못해요. 손이 따뜻해질 때까지 비벼야 해요. 그리고 청진기도 가운 바깥에 내놓지 말고 가운 안에 넣었다 사용해요.."

그 여의사 선생님은 고개를 연거푸 끄덕이며 얼굴을 붉혔다.

렁링도 얼굴이 붉어졌다.

'소아과 의사 선생님 손은……접수처에서는……'

개략적인 글이 떠올랐다.

그러면서 그 풍자문학가 렁 링은 진료실의 자리에서 일어나면서 어떤 빈정거림도 없이 아주 정중하게 그 대장장이 같은 의사 선생님에게 고마움을 표시했다.

HAN BING

Amikoj

Profesoro Ouyang, kiu ĝuas altan prestiĝon kaj respekton, sidis ĉe fenestro de vagono. Li estis ironta al tre grava kolokvo.

Sur la kajo bruis adiaŭantoj. Sed neniu el la sennombraj adiaŭantoj estis lia amiko. Soleco subite kaptis lian koron kaj fariĝis tiel impeta, ke li ne povis sin deteni de tio. Dum dekoj da jaroj li sola sidis en laboratorio senemocie; kaj nun la sceno sentigis al li amaran solecon, malpaciencon kaj eĉ teruron. Ĉu li sentimentaliĝis pro maljuniĝo?

Junulo sidiĝis kontraŭ la profesoro. Li ŝovis la kapon el la fenestro kriante al siaj kamaradoj kaj disdonis al ili cigaredojn. Liaj adiaŭantoj estis tiom multaj, ke skatolo da cigaredoj ne sufiĉis por dividi al ĉiu po unu. La gaja rido kaj sincera interparolo varmigis eĉ la koron de la profesoro. Li pensis: Kiel bone estus, se mi havus kelkajn aŭ almenaŭ unu amikon por fari tian konversacion. Sed li ne havis.

La amikoj de profesoro Ouyang estis tro malmultaj. Li ne estis societema. Preskaŭ la tutan tempon li pasigis en laboratorio. Se unu pocento de la 15 mil tagnoktoj de pli ol 40 jaroj, aŭ eĉ milono de la tempo estus uzata por konatiĝo kun aliaj, li ne estus tiel soleca kiel nun en la vagono. Kaj tio jam ne estas riparebla.

Subite profesoro Ouyang ekpensis, ke en la pasintaj jaroj li postulis al la studentoj per sia ekzemplo, ke ili ne amuziĝu, nek amikiĝu, kaj nur pasigu ĉiun minuton por la laboro en laboratorio. Se iu estis ofte telefonvokata kaj vizitata, tiun li severe skoldis. Ĉu kulturante ilin en talentulojn, li devis ankaŭ kulturi en ili temperamenton kiel la lian, ke ili fariĝu senamikaj kiam ili maljuniĝos? Ho, terure! Homoj bezonas amikojn, same kiel la animo bezonas simpation, komprenon kaj konsolon...

Tiel pensante la profesoro sentis tristecon, rimorson kaj bedaŭron plenigantajn la koron.

Sonoris por ekveturo. Subite el la adiaŭanta homamaso elpuŝiĝis junulo ŝviteganta kaj anhelanta, kun manoj etenditaj al la profesoro: "S-ro profesoro, medikamenton, vi forgesis vian medikamenton..."

En surpriziĝo profesoro Ouyang stariĝis kaj vidis, ke tiu estis unu el liaj instruatoj. Li klinis sin kaj emocie kaptis la manojn de la studento, kaj la studento sinĝene rigardis al sia ĉiam severa instruisto.

La trajno ekmoviĝis. La studento, post momenta hezito, ekkuris ekster la fenestro: "Instruisto, ni deziras al vi sukceson, ni...".

"Ni'?"profesoro Ouyang ekskuiĝis de emociiĝo: "Ni? La studentoj? Ho ne, ankaŭ la legantoj de ĉiuj miaj verkoj, miaj pacientoj! Kial mi forgesis ilin? Ili ĉiuj estas miaj karaj amikoj..." Li elŝovis la kapon el la fenestro por refoje rigardi sian instruaton, sed la kajo jam malklarigis.

"'Ni', 'ni'! Mi havas multajn amikojn!" Senĉese ripetante, la profesoro elprenis la poŝtukon kaj ŝtele forviŝis la du grandajn larmogutojn ĉe la okulanguloj.

친구

높은 명성과 존경을 한 몸에 받은 어우양 교수는 기차의 창쪽에 앉아 있었다. 그는 아주 중요한 시험을 치러 시험장에 가는 길이었다.

열차를 기다리던 대합실엔 환송객들의 말소리로 왁자지껄하였다.

그러나 그 수많은 환송객 중에 그의 친구는 아무도 없었다. 갑자기 외로움이 그의 마음을 억눌렀고, 그 외로움은 참을 수 없을 정도로 격해져 왔다. 그는 지난 10년 동안 연구실에서 열심히 연구에만 몰두했다.

그러나 지금은 쓸쓸한 고독과 조급함과 심지어 무서움마저 느끼고 있다. 나이가 들면서 감상이 늘어났나?

한 청년이 열차 안에서 그 교수의 맞은편에 앉아 있다. 그는 창밖으로 고개를 내밀어, 자기 친구들에게 큰 소리로 말하면서 담배를 나누어 주었다. 담배 한 갑으론 부족할 정도로 많은 환송객이 그를 위해 나와 있었다. 그들의 즐거운 웃음과 진지한 대화는 그 교수의 마음도 포근하게 해 주었다.

그는 몇 사람, 아니 단 한 사람이라도 대화할 친구가 있었으면 하고 기대했으나, 그에겐 그런 친구가 없었다.

어우양 교수의 친구는 극히 몇 명일 뿐이다.

그는 사교적이지 못했다. 그는 거의 모든 시간을 연구실에서만 보냈다. 만약 그가 40년 이상의 평생을 살아오면서, 또 1만 5,000여 일을 살아오면서 자기 삶의 단 1퍼센트, 아니 1,000분의 1이라도 다른 친구들을 사귀는 일에 소비했더라면, 지금 그는 이 열차에서 이렇게 외롭진 않을텐데.

하지만 이것은 돌이킬 수 없다.

갑자기 어우양 교수는 지금까지 자신의 제자들에게 열심히 놀지 말고, 친구도 사귀지 말라고, 대신, 단 1초라도 연구에 시간을 쏟으라고 강조해 왔던 일이 생각났다.

그 교수는 전화가 자주 걸려 오거나, 방문하는 친구들이 많은 제자에겐 꾸지람하기도 하였다.

'그들의 재능을 계발해 주면서, 그 교수는 그들이 자기처럼 늙어서도 친구가 없도록 이끌어야 하는가? 그것참 큰일이군! 사람들의 영혼엔 동정, 이해와 위로가 필요하듯이, 친구가 필요하다.'

그런 생각을 하면서, 그 교수는 마음속에서 치밀어 오르는 슬픔과, 양심의 가책과 후회를 느끼고 있었다.

마침내 기차가 출발하는 기적 소리가 났다.

바로 그때, 환송객 사이로 땀을 뻘뻘 흘리며, 한 청년이 그 교수를 향해 손을 내밀었다.

"교수님. 이 약 가지고 가시는 것을 잊었어요...."

깜짝 놀란 어우양 교수는 그 자리에서 벌떡 일어나, 제자인 그 청년을 바라보았다. 교수가 몸을 굽혀 그 학생의 손을 감동적으로 잡자, 그 학생은 평소 엄하신 분인 교수가 그런 행동을 하자, 당황해 어쩔 줄 몰랐다.

열차가 움직이기 시작했다. 그 학생은 잠시 망설이다가, 창밖에서 열차를 따라 뛰어오면서 외쳤다.

"선생님! 저희는 선생님이 합격하기를 기원합니다...저희들은...."

"'저희는' 이라고?"

어우양 교수는 감동으로 몸이 전율하였다.

"'저희' 이라니? 내 제자들이란 말인가? 아, 그들뿐만 아니야. 내 책의 독자들, 또 나의 고객들도! 내가 왜 그들을 잊고 있었지? 그들 모두가 내 친구인 것을...'

그는 다시 그 제자를 보려고 고개를 밖으로 내다보았지만, 그 학생은 이미 시야에서 사라지고 없었다.

'저희, 저희라고 했지. 그랬어! 내겐 많은 친구가 있어!'

그 말을 되새기며 그 교수는 손수건을 꺼내 몰래 눈물을 닦았다.

Amletero

Li estis tre kontenta, ke la edzino lerte prizorgas la mastrumadon. Ŝi estis tre kapabla kaj la filo karesinda. Kion plian li postulus? Tiu, kiu kontentas je sia sorto, ĉiam estas gaja. Kaj li ĉiutage estis tia.

Kiel al ŝi estis? Ŝi ĉagreniĝis, ke la edzo zorgis pri nenio krom komforta vivo. Tamen ŝi ne riproĉis lin, ĉar ŝi estis tre milda.

Li kaj ŝi vivis harmonie kaj neniam okazis kverelo inter ili.

Kompreneble harmonio ne ekskluzivas malakordon. Male, iam malgranda malakordo spicas la vivon. Se vi ne kredas, bonvolu aŭskulti.

Printempa nokto.

"Mi deziras aĉeti lavmaŝinon por liberigi min de lavado," diris ŝi.

"Lavmaŝinon? Ej, ĝi tro konsumas kaj elektron kaj akvon, kaj ankaŭ difektas vestojn," respondis li.

"Do, kion ni aĉetos per la 200 juanoj?"

"Aĉetu dutuban ĉasfusilon."

"Fia ideo!"

"Vere, ĉasado ne nur distras, sed ankaŭ havigas sovaĝviandon. Haha, unufoja ĉasado gajnos viandon sufiĉan por uzo de unu semajno."

"Ĉiuj aliaj okupas sin per lernado kaj neniu venas ludi kun vi kartojn, kaj vin allogas nun ĉasado. Laŭ mi vi devas dediĉi vian libertempon al lernado."

"Ne decas por mi ion lerni plu en la aĝo de pli ol 30 jaroj. Mi ne volas turmenti min per ia lernado."

"Ni ambaŭ devas lerni. Ni aĉetu lavmaŝinon por ŝpari tempon, ĉu bone?"

"Se ni aĉetos ĉasfusilon, mi sola faros lavadon. Mi, "roboto", estas multe pli bona ol lavmaŝino. Ha ha ha..."

Li kredis la proverbon, ke oni ne batas ridanton. Ĉiam kiam okazis malakordo inter ili, li komike ridis kaj samtempe praktikis molajn kaj malmolajn taktikojn por atingi la celon. Sed ĉi-foje li ne sukcesis. Ŝi neniom cedis.

Ambaŭ malagrabliĝis pro malakordo.

En la sekvanta tago ili ne interparolis unu kun la alia. Li forprenis 100 juanojn.

"Kial vi fariĝis tiel malprogresema? Vi eĉ ne fidas

min, ke vi forprenis 100 juanojn," diris ŝi.

Li respondis ŝin per daŭra silento.

Tiunokte ŝi multe parolis, sed li eĉ unu frazon ne diris.

Estis la tria tago. Ŝi tre laciĝis, ĉar ŝi longe faris mastrumadon post reveno de laboro. Li revenis je la 12-a nokte. Ili ne havis tempon por interparoli.

Nokto de la kvara tago.

Ŝi meditis apogante sin al litkapo. Li kuŝis sur kanapo kun la dorso al la edzino.

"Ĉu vi ne volas paroli kun mi?" demandis ŝi.

"…"

"Ĉu mi estas abomeninda?"

"…"

"Se vi abomenas min, ni disiĝu," ŝi veis kunpremante la dentojn.

Li ektremis de la korprema diraĵo.

"Mi ricevis amleteron. Mi korŝiriĝas komparante lin kun vi," diris ŝi.

Li tuj leviĝis kaj fiksrigardis ŝin kun etendita mano por peti la leteron.

"Li diris, ke li tre amas min," ŝi daŭre legis la leteron kun klinita kapo.

Li detenis sin de kolero, kaj pensis en si: "Fi! Kia stultaĵo!"

Ŝi daŭrigis: "Li estas lernema. Li ĵuris, ke ni

kuraĝigos unu la alian kaj ĉiam strebos antaŭen post la geedziĝo, ke maro povas sekiĝi kaj ŝtono putriĝi, sed ni neniam deprimiĝos."

"Kia flataĵo! Ankaŭ mi tion diris," li pensis.

"Mi trovis lin bona kaj fidebla dum la tuta vivo, sed..." ŝi daŭrigis.

Li brulis de ĵaluzo kaj volis diri: "For, iru al li" sed li ne kuraĝis tion diri. Li sciis, ke li ne povos vivi sen ŝi.

Ŝi malŝaltis la lampon kaj kuŝiĝis.

Li fumadis sidante. Cigaredstumpoj ĵetiĝis ĉie sur la planko. Kion tiu skribis en la letero? Li ŝaltis la lampon kaj alprenis la leteron el ŝia mano sur ŝia brusto. Ĉe eklego li surpriziĝis kaj ne sciis, ĉu plori aŭ ridi. La letero estis skribita de li antaŭ 5 jaroj.

Li pente kliniĝis kaj forviŝis per sia mano al ŝi larmojn en la okuloj.

연애편지

그는 아내가 가사 일을 아주 잘 해내 매우 만족했다. 아내는 능력이 뛰어나고, 아들은 사랑스러우니, 그로서 뭘 더 바라겠는가? 자신의 운명에 만족하며 사는 사람은 언제나 즐거운 법이다. 그도 매일 즐거웠다.

그동안 아내는 어떻게 변했는가? 아내는 남편이 안락한 생활 이외에는 아무것도 걱정하지 않은 것이 불만이었다. 그러나 아내는 온화한 사람이라, 아무 불평도 하지 않았다.

그 부부는 사이좋게 지냈고, 한 번도 싸워 본 적이 없었다.

물론 사이가 좋다는 것이 갈등을 배제하는 것은 아니다. 반대로 한순간의 작은 갈등이 오히려 살아가는데 양념이 되기도 한다. 이 말이 믿기지 않는다면 다음 이야기를 들어 봐요!

때는 봄, 어느 날의 밤이었다.

"손으로 빨래를 하지 않으려면, 세탁기가 한 대 필요해요"
아내가 말했다.

"세탁기라니? 에이 그건 전기와 물을 지나치게 낭비하고, 또

옷도 상하게 되지요." 남편이 말했다.

"그럼, 200위안으로 뭘 살까요?"

"연발식 사냥총 삽시다."

"뭐라구요!"

"실제로, 사냥하면 즐겁고, 사냥감으로 고기도 먹을 수 있지. 하하, 한번 사냥을 잘하면 일주일간 먹을 고기는 얻을 수 있지."

"다른 사람들은 모두 공부하느라 당신에게 놀러 오지 않으니, 이젠 사냥에 빠져버리니. 당신도 여가 있을 때, 공부 좀 해요."

"나이 30대를 넘어서 뭘 배운다는 것이 어울리지 않아요. 공부로 괴로움을 당하긴 싫다니까."

"우리 공부를 같이해요. 시간 절약하기 위해 세탁기를 들여놓구요."

"사냥총을 사주면, 빨래는 다 할게요. 세탁기보다야 로봇인 내가 더 나을지 몰라요. 하하하...."

그는 웃는 낯에 뺨 못 때린다는 속담을 믿고 있었다.

두 사람 사이에 마찰이 일 때마다, 그는 언제나 익살스럽게 웃었고, 또 목표를 달성할 때는 부드럽고 때로는 강경한 양면 전술을 썼다. 그러나 이번엔 뜻대로 되지 않았다. 아내가 이번엔 조금도 양보하지 않았다.

두 사람은 각자 마찰로 불쾌해졌다.

다음날에도 두 사람은 서로 말을 건네지 않았다. 그러면서 남편은 100위안을 가져갔다.

"당신은 왜 퇴보만 하나요? 당신은 내게서 100위안을 가져갈 정도로 나를 못 믿고 있군요." 아내가 말했다.

남편은 아내에게 시종 말이 없었다.

그날 밤 아내는 남편에게 많은 말을 했지만, 그래도 남편은 아무 말이 없었다.

사흘째 날에, 아내는 퇴근하고 와, 늦게까지 집안일을 하느라 몹시 피곤해 있었다.

남편은 밤 열두 시가 되어서야 돌아왔다. 두 사람은 여전히 말이 없었다.

나흘째, 아내는 침대에 몸을 기댄 채, 생각에 잠겨 있었다. 남편은 아내에게 등을 보인 채 소파에 누워 있었다.

"저와 이야기 좀 안 하겠어요?" 아내가 물었다.

"……"

"제가 어디 미운 짓이라도 했나요?"

"……"

"나를 그렇게 싫어한다면, 우리 서로 헤어져요." 아내는 이를 꽉 다물며 슬픔에 잠겼다.

남편은 아내가 괴로워하며 내뱉은 말에 가슴이 떨렸다.

"제가 연애편지를 한 통 받았어. 당신과 그 사람을 비교하면 가슴이 찢어질 것 같아요." 아내가 말을 시작했다.

남편은 고개를 들어, 손을 뻗어 그 편지를 보자며 아내를 뚫어지게 봤다.

"그 사람은 저를 사랑한다고 했어요." 아내는 고개를 숙인 채 편지를 계속 읽어 갔다.

그는 화를 참으며, 속으로 생각했다.

'쳇, 어리석은 짓들을 하고 있네.'

아내는 말을 이어갔다.

"그이는 뭐든 열심히 배우려고 해요. 그이는 우린 서로 용기를 북돋아 주자며, 바닷물이 마르고, 바위가 부숴 없어져도, 결코 용기를 잃지 말자며, 결혼하면, 언제나 발전하자며 맹세까지 했다구."

남편은 질투로 가슴이 끓어 올라, '당장 내 앞에서 사라져 그놈에게 가!' 라고 외치고 싶었지만, 그렇게 말할 용기가 나지 않았다.

아내는 전등을 끄고 자리에 누웠다.

남편은 혼자서 담배만 연신 피우고 있었다. 담배꽁초가 여기 저기 바닥에 놓였다.

'그놈이 편지에 뭐라 썼을까?'

남편은 불을 켜고 아내의 가슴 위에 놓인 손에서 그 편지를 빼냈다. 남편은 그 편지를 읽기 시작하자마자 울어야 할지 웃어야 할지 갈피를 잡지 못했다.

그것은 남편인 자신이 5년 전에 아내에게 보낸 편지였다.

남편은 자신의 행동을 뉘우치고는, 몸을 숙여 자기 손으로 아내 눈언저리의 눈물을 닦아 주었다.

ZHANG MINXIAN

Geedzoj dividantaj inter si malfacilojn

1

La edzo de la malsanulino en la lito n-ro 16 estis iom stranga.

Kiel tenere babilis la aliaj geedzoj dum la vizittempo! La edzo de la malsanulino en la lito n-ro 12, kun du fontoplumoj en la brustpoŝo de la jako, laŭdire, estas direktoro de magazeno. Enirinte li tuj sin najlis ĉe sia edzino. Ili pepadis en la orelojn, se hazarde aŭdeblis unu aŭ du frazoj, ili ruĝigis la aŭdintojn. La malsanulino en la lito n-ro 15 enhospitaliĝis nelonge post sia edziniĝo. Kiam ŝia edzeto venis, ili senescepte eliris promeni en la koridoro. Post kelka tempo ilia promenado estis spicita de nova enhavo. Iutage la ĉefflegistino anoncis sekreton kun rideto: "Ŝi kaj ŝia edzeto kaŝe interkisis en angulo de la koridoro."

La edzo de la malsanulino en la lito n-ro 16 estis

alta statura kaj magra, kun kvadrata vizaĝo, kaj impresis per vireco. Li estis beleta, nur la vizaĝo iom malhela kaj senentuziasma. En la tagoj por vizito al malsanuloj, li ĉiam la unua eniris en la ĉambron. Li silente sidis sur la kvadrata benketo apud la lito. Per la nigraj enfalintaj okuloj li fikse rigardis sian edzinon sen palpebrumi, kvazaŭ li volus ensorbi ŝin. Ankaŭ ŝi tiele rigardis lin silente. La aliaj gaje babilantaj paroj iam hazarde vidis ilian aspekton, miris kaj nekomprene reciprokis konfuzitajn rigardojn.

Ŝajne la malsanulino en la lito n-ro 16 havis neniun alian parencon, krom sia edzo. Eble ĝuste pro tio ĉiufoje li sidis ĝis kiam flegistino urĝis lin foriri. Ankaŭ ilia adiaŭo estis neordinara. Silente rigardante ŝin, li kapsignis al ŝi adiaŭon kaj foriris. Ŝi rigardis lin ĝis li eliris el la ĉambro, ŝtoniĝis kun kunpremitaj lipoj por iom da tempo. Tuj poste ŝi tiris sian litkovrilon ĝis super la kapo kaj ekdormis.

El tio montriĝis, ke ankaŭ ŝi estis iom stranga.

2

Kun la paso de tempo cirkulis historietoj pri la malsanulino en la lito n-ro 16.

Li estis ŝia dua edzo. Antaŭ dekkelke da jaroj ŝi

iris al la kamparo, kaj tie ŝi enamiĝis junulo, kiu alvenis samtempe kun ŝi. En la unuaj jaroj ili vivis pace. Poste ili ambaŭ revenis al Ŝanhajo. Per la retroaktiva salajro de siaj gepatroj ŝia edzo ekvivis lukse. Li postulis, ke ŝi forlasu la profesion kaj restu hejme por servi al li. Li diboĉadis kaj krude traktis sian edzinon. Post nelonge ili eksedziĝis. Ŝi edziniĝis al sia malnova kunlernanto, la nuna edzo.

Ŝiaj gepatroj malkonsentis pri ilia edzeco, ke ŝi volontis edziniĝi al individua laborulo[9] rifuzante bonhavan vivon. Ŝi estis rezoluta. Ŝi opiniis, ke ankaŭ individua laborulo havas manojn kaj ne estas malpli saĝa ol la aliaj. Pli grave estis, ke li estas sincera kaj tenera. Tial ŝi sentis sin feliĉa, eĉ sen bonaj manĝaĵoj. En kolero ŝiaj gepatroj rompis kun ŝi. Tio tamen ne ŝancelis ŝian amon al li kaj ŝi sin ekokupis per la afero de la edzo. Poste ŝin trafis malfeliĉo: Apenaŭ komenciĝis ilia nova vivo, ŝi devis enhospitaliĝi por fortranĉi miomon.

Pri ŝia edzo oni nur sciis, ke li funkciigas ombrelo-riparejon en iu malgranda strato kaj malmulte enspezas. Krome li ŝatas legi en liberaj horoj.

---

9) Individua laborulo estas civitano, kiu mem administras entreprenon, butikon aŭ aliajn metiojn por sin vivteni. Ili havas nek fiksan enspezon nek ĝuas ŝtatpagan kuracon kaj pension.

Estis vetero iom nenormala.

Tage estis eksterordinare varme, kaj vespere pluvis. La pluvakvo bruadis tra la pluvtubo ekster la fenestroj. Venis kiel kutime la direktoro de la magazeno kun du fontoplumoj en la brustpoŝo. Venis ankaŭ la edzeto de la malsanulino en la lito n-ro 15, en gracia pluvmantelo. Sed ŝia edzo ne venis.

La vespermanĝaĵo sur la tableto apud la lito restis netuŝita. Oni varmigis ĝin, sed ŝi ne volis manĝi kaj ĝi refoje malvarmiĝis. Ŝi metis ĝin sur radiatoron. Ŝi kviete rigardis tra la fenestro la karban ĉielon. Oni admonis ŝin manĝi, sed ŝi fordankis.

Subite aŭdiĝis peza paŝbruo — li venis. Li, tramalsekiĝinta, sidiĝis anhelante. Ŝi donis al li mantukon, kaj li malrapide viŝis al si la harojn kaj vizaĝon, atente kaj zorgeme. Dume ŝi prenis la manĝaĵon de sur la radiatoro kaj ekmanĝis. Malrapide maĉante, ŝi fikse rigardis sian edzon.

Li finis la viŝadon kaj levis la kapon. Liaj enfalintaj okuloj renkontis tiujn de sia edzino. Finfine li vespiris kaj mallaŭte diris: "Jam sufiĉas."

Ŝia vizaĝo spasmetis. Ŝi volis ridi, sed ne sukcesis. Larmoperloj glimis en ŝiaj malviglaj okuloj, kaj subite ruliĝis sur ŝia bela vizaĝo...

Pluvo daŭris kaj la susurado similis al flustrado. En la ĉambro regis silento. Ĉiuj informiĝis, ke ŝia edzo finfine sukcesis perlabori sufiĉan sumon por la operacio al sia edzino.

Aŭdiĝis mallaŭta ploro de virino. Ŝajne ne nur unu virino ploris.

어려움을 함께 나누는 부부

1

16번 병상에 누워 있는 환자의 남편은 좀 이상했다.

다른 여성 환자들의 남편은 자신의 아내를 면회하면서 얼마나 다정하게 정담을 나누는가! 재킷의 위쪽 주머니에 만년필을 두 개 꽂은, 12번 병상 환자의 남편은 어느 백화점 사장으로 알려져 있었다. 그는 병실에 들어오자마자, 곧장 자기 아내 곁에 앉아서는 꼼짝 않고 붙어 있었다. 그 두 사람은 서로 귀에 대고 소곤대, 다른 사람들이 어쩌다 한마디라도 듣게 되면 오히려 그 말을 들은 사람들이 얼굴을 붉혔다. 15번 침대의 환자는 결혼한 지 얼마 되지 않아 입원한 경우다. 그 환자는 남편이 면회 오면 언제나 밖을 나가 복도에서 산책한다. 얼마 후, 그 두 사람이 산책 중에 하는 말을 들은 내용은 점점 새로운 것을 양념으로 더해져 전해진다. 어느 날 수간호사가 미소를 지으며, 그녀가 우연히 듣게 된 비밀을 공개했다.

"그 환자와 새신랑이 복도 한편에서 몰래 입 맞추고 있었어요."

16번 병상 환자의 남편은 크고 마른 키에, 네모난 얼굴로, 남자다운 인상을 풍기고 있었다.

그 남편은 잘생긴 얼굴이지만, 얼굴색은 어두웠고, 기운도 없어 보였다. 환자를 면회 오는 날이면, 그 남편은 언제나 우선 병실을 들른다. 그리곤 침대 옆에 놓인 좁고 긴 의자에 조용히 앉는다. 눈도 한 번 깜박이지도 않는, 움푹 들어간 까만 눈으로 그 남편은 아내를 마치 제 눈에 넣어두고 싶은 듯이 뚫어지라 바라본다. 아내도 그런 남편을 바라본다. 즐겁게 떠들던 다른 부부들은 우연히 그 장면을 보고는 이해 못 하겠다는 듯이 의아한 눈길을 주고받는다.

그 16번 환자에겐 남편 외에 다른 친척은 없는 것 같다. 아마 바로 그런 이유로 간호사들이 면회객을 병실 밖으로 그만 나가 달라고 채근할 때까지 그 남편은 환자 곁을 지켰다.

그 16번 환자 부부의 작별장면도 아주 독특하다. 남편은 조용히 아내를 쳐다보고는, 그저 고개로 작별 인사를 하고는 떠나간다. 아내는 남편이 병실을 나갈 때까지 바라보고는 한동안 입술을 꽉 다물고는 마치 돌처럼 굳어져 버린다. 그리곤 곧장 이불을 머리까지 당겨 잠을 청한다.

2

시간이 흐를수록, 16번 병상 환자에 대한 소문이 퍼져 갔다.

지금의 남편이 그 환자에겐 둘째 남편이다. 십여 년 전에 그녀는 시골의 고향을 방문했다가, 같은 시기에 그곳을 들렀던 한 청년을 만나 사랑하게 되었단다. 처음 몇 년간 그들은 평화롭게 살았다. 훗날 그 두 사람은 상하이로 돌아왔다. 그런데, 그녀 남편이 당시 부모 몫의 연금을 일시로 받게 되자, 방탕한 생활을 시작하게 되었다. 남편은 아내더러 직장을 포기하고, 집안일만 하며 살라고 했다. 그리곤 방탕 생활을 하면서 아내를 심하게 다루었다. 그러는 과정에서 두 사람은 이혼하게 되었다. 그 뒤 그녀는 동창생인 지금의 남편과 재혼하게 된다.

그 아내의 부모는 딸자식이 풍족한 삶을 마다하고, 개체호[10)]를 경영하는 사람에게 재혼하는 것을 반대했다. 아내는 단호했다. 아내는 개체호를 경영하는 사람도 능력있고, 다른 사람에 뒤떨어지지 않는다고 생각했다. 아내로서는 더 중요한 것은 새 남편이 진실되고, 친절한 사람이라는 것이었다. 그래서 아내는 비록 좋은 음식은 못 먹어도 아주 행복하게 살 수 있다고 생각했다. 딸의 부모는 그런 딸과 관계도 끊어 버렸다.

그러나, 그것으로 남편에 대한 사랑이 흔들리지 않았다. 오히려 아내는 남편이 하는 일을 거들었다. 그런데 뒷날 아내에게 불행이 닥쳤다. 그 두 사람이 새살림을 차리자 아내는 종양 수술을 받기 위해 병원에 입원해야 했다.

그 환자의 남편에 대해 사람들은, 그 남편이 어느 길 한 모퉁이에서 우산 수선하는 일을 하고 있고, 수입도 크지 않다는 정도 알고 있다. 그 밖에도 남편은 여가가 나면 독서를 한다는 정도는 알고 있다.

3

날씨가 특별했다.

낮은 이상하게 더웠고, 밤엔 비가 내렸다. 창밖 빗물받이를 통해 들려 오는 빗소리는 시끄러웠다. 평소처럼 만년필을 두 개 꽂은 12번 환자의 남편인 백화점 사장이 들어왔다. 15번 환자의

---

10) *주: 국영기업과 달리 개체호는 자영업자로, 고정된 수입이 없고, 국가로부터 의료 및 주택지원도 받을 수 없다.

새신랑도 멋진 비옷을 입고 들어섰다.

그러나 16번 환자의 남편은 아직 오지 않았다. 그 침대의 환자는 침대 옆 작은 탁자에 마련된 저녁 식사엔 손도 대지 않았다. 음식이 따뜻하게 데워져 있었으나, 그 환자가 먹으려 하지 않아, 그만 차갑게 식어 버렸다. 그 환자는 라디에이터 위에 그 음식을 올려놓았다. 그녀는 창 너머 까만 하늘을 보고 있었다. 사람들은 그 환자에게 한술 뜨라고 하였지만, 그 환자는 응하지 않았다.

그런데, 갑자기 빠른 발걸음 소리가 들려 왔다. -그 남편이 왔다. 그 남편은 비에 흠뻑 젖어 있었고, 숨을 헐떡이며 자리에 앉았다. 그 환자가 남편에게 손수건을 내밀자, 남편은 천천히 조심스럽게 자신의 머리카락과 얼굴을 훔쳤다. 그동안 환자는 라디에이터에 올려두었던 밥을 가져와 먹기 시작했다. 그 환자는 남편을 얼굴을 쳐다보며 천천히 밥을 씹고 있었다.

그 남편은 젖은 몸을 다 닦고는 고개를 들었다. 그의 움푹 들어간 두 눈은 아내의 두 눈과 마주쳤다. 마침내 그는 한숨을 푹 쉬고는 낮은 목소리로 말했다.

"이젠 충분해졌어요."

환자의 얼굴엔 경련이 살짝 보였다. 그 환자는 웃으려 했지만, 웃진 않았다. 그 환자의 흐릿한 두 눈엔 눈물이 빛나고 있었다. 그리고 그 눈물은 예쁜 얼굴 위로 흘러내렸다...

비는 계속 내렸고, 그 빗소리는 마치 속삭임과도 같았다. 병실엔 침묵이 흘렀다. 모든 사람은 그 환자 남편이 열심히 벌어 환자인 아내의 수술비를 마련했음을 알게 되었다.

나지막이 한 여자의 울먹이는 소리가 들려 왔다.

그러나, 울먹이는 사람은 한 여성만 아닌 것 같다.

Beleco, kurblinia...

Ŝi, kvazaŭ fratino de la junulino sur la murkalendaro, estis bela kaj fiera. Posttagmeze li telefonis al ŝi: "Atendu min ĉe la ponto je la 7-a vespere."

"Ĉi-vespere mi ne iros pro afero. Pro kia afero? Ne zorgu. Jes... iel ĝi koncernas vin..." respondis ŝi per sonora voĉo.

"Kia afero? Ĝi koncernas min?" Li konfuziĝis kaj fumis cigaredon kun filtrilo, sed la kara cigaredo nun fariĝis sengusta. Li ŝaltis magnetofonon. Eksonis kanto: "Haste vi venas kaj foriras, kiel vento kaj pluvo..." Sed ĝi ne interesis lin. Li malŝaltis la aparaton, sidiĝis en sofo kaj lasis la penson flugi libere...

"Majstro, faru por mi jakon, modan!" Enirinte lian Jiali-vestofarejon, ŝi kriis per akra voĉo, kaj ridetante elpakis pecon da freŝkolora ŝtofo.

"De kia fasono?" demandis li sen levi sian kapon.

"La plej moda. Oni diras, ke vi estas majstra fasonisto," ŝi diris laŭte kaj tute senĝene.

Ŝajne ŝiaj longaj okulharoj pikis liajn pupilojn, kaj li ne kuraĝis rekte rigardi ŝin. Al klientoj, precipe junulinoj, li ĉiam estas hontema.

Farinte mezuradon, li diris: "Ĝi estos preta morgaŭ matene, je la 8-a."

La sekvantan tagon ŝi venis. Ŝi provis ĝin antaŭ la publiko. En la spegulo prezentiĝis ŝia svelta staturo, movetiĝis ŝia talio, kio altiris atenton de kelkaj klientoj. Ŝi ekridis kaj la rido ĉarmis kiel lotuso. Ravita de sia brila sukceso, li subrigardis ŝin kaj forte ekbatis lia koro, sed estis feliĉe, ke ŝi ne rimarkis.

"La famo ne trompas. Ĝis revido!" Ŝi foriris, kaj ankoraŭfoje ridis kapturninte. Kia sugesto? Li enpensiĝis...

Li iris en la dancejon. Ha, ankaŭ ŝi estis tie.

"Ĉu vi bonvolus danci?" li kuraĝe invitis ŝin.

"Dankon. Mi unuafoje venis ĉi tien. Ĉu vi ofte estas ĉi tie?"

"Ne, ankaŭ mi la unuan fojon venis ĉi tien," respondis li mallaŭte. Tamen iliaj dancpaŝoj estis harmoniaj. Ili gracie dancis sub bela muziko.

"Pri kio vi okupiĝas?" demandis li.

"Mi estas teksistino," respondis ŝi.

Tiele ili interkonatiĝis. Ĉu hazardeco aŭ destino?

Tempo flugas. Jam pasis duonjaro. Ili estis sinceraj unu al la alia.

"Kian fasonon vi deziras?" kiam ili trabutikis, li demandis.

"Ĉi tie mi ne trovas iun ajn ŝatatan. Ni foriru," ŝi pliproksimiĝis al lia ŝultro.

"Do, lasu min..." li haltis starante sur ŝtuparo, kaj pririgardis ŝin kvazaŭ aprezante valoran artaĵon.

"Rapidu, aliaj mokos nin. Ĉu estas sufiĉe?" ŝi mallaŭte plendis kun kolereta rigardo. Li honteme ridis al ŝi. Reveninte li faris por ŝi novfasonan robon. Surmetinte ĝin, ŝi aspektis tre bela, eĉ pli ĉarma ol tiuj sur la kalendaro...

Ami belon kaj beligi la vivon, tio estas karakteriza trajto por la juna generacio. Kial do ŝi ne surmetis ĝin? Ĉu ŝi timas, ke aliaj babilaĉos pri ŝia vestado? Ne. Do kial ŝi rifuzis min ĉi-vespere? Ĉu ŝi estas frivola? Ĉu eble?...

··· Ej, li vespiris mallaŭte. Ŝi, lerta teksistino, kiu teksis dek milojn da metroj da ŝtofoj bonkvalitaj, kaj li, juna modelisto, ambaŭ estis famaj en la urbo. Se ŝi estas peonio, li do estas ĝia foliaro plibeliganta la floron. Sed ŝi hodiaŭ...

Li ŝaltis la televidilon por portempe forgesi ŝin.

Sub gaja kaj vigla muziko, la velura kurteno malrapide leviĝis, kaj la anoncistino eliris:

"Nun komenciĝas la telesendado de la prezentado de fasonvestoj. La unua prezentantino estas Yao Lili. Ŝia fasona numero estas 110."

"Kio? Ĉi-vespere ŝi prezentos kiel modelino? Ŝi svingos sian korpon antaŭ la publiko, ... ke ili juĝu, ne, tute maldece..." Lia koro nevole ektremi.

Ŝi sursceniĝis. Ŝiaj movoj estis graciaj, ŝia mieno plaĉa. Ŝi paŝadis ridetante, kaj la vangoj kun kavetoj pleniĝis de seriozeco kaj ĉarmo...

Li, faris kelkajn paŝojn malantaŭen, frotetis al si la okulojn. Ha, ĉu la robo portata de ŝi ne estas...

La anoncistino diris: "Modelisto beligas la vivon... la projektinto de la fasono de n-ro 110 estas Chen Xin."

Ekbrulis liaj vangoj. Ĉu li hontis? Ĉu li konscienc -riproĉis? Li ne povis distingi. Suspekto estis superflua. Jes, tiu estis lia verko, li desegnis, tajloris kaj kudris. Subite lin kaptis emociiĝo. Li puŝmalfermis la pordon kaj kuris al la teatro forgesante malŝalti la televidilon.

아름다움, 곡선의...

그녀는 벽에 걸린 달력의 아름다운 모델과 자매처럼 닮아 예쁘고도 당당했다. 오후에 그녀는 그에게서 온 전화를 받았다.

"저녁 7시에 그 다리에서 만나요."

"오늘 밤엔 일이 있어 못 가요. 무슨 일이냐고요? 걱정마세요 네... 어쨌든 그것은 선생님과 관련된 일이랍니다..." 그녀는 떨리는 목소리로 대답했다.

'무슨 일일까? 나와 관련된 일이라니?'

그는 당황해하며, 담배를 필터에 끼워 피우고 있지만, 그 비싼 담배 맛은 지금 전혀 느낄 수 없다. 이제 그는 전축을 틀자, 그곳에서 음악이 흘러나왔다. "당신은 바람처럼, 비처럼 서둘러 왔다가 떠나갔네..." 하지만 그는 이 음악도 재미가 없었다. 그는 전축을 끄고는 소파에 앉아 상념에 잠기었다...

"선생님, 요즘 유행하는 옷으로 한 벌 맞춰 주세요!" 어느 날 그녀는 그가 경영하는 의상실로 들어서면서 날카롭게 말했다. 그리곤 그녀는 미소를 지으며, 상큼한 색깔의 옷감을 펼쳐

내놓았다.

"어떤 옷으로 만들어드릴까요?" 그는 고개도 들지 않고 물었다.

"최첨단 유행의 옷으로 만들어 줘요. 선생님은 가장 유명한 디자이너라고 하더군요." 그녀는 큰소리로 거침없이 말했다.

그녀의 긴 머리카락이 그의 두 눈동자를 찌를 것 같아, 그는 그녀를 똑바로 볼 용기도 없었다. 그는 자신의 고객 중 특히 아가씨들에겐 늘 부끄러워했다.

그는 그녀 치수를 재고는 말했다. "내일 아침 8시까진 완성해 두겠습니다."

다음 날 그녀가 왔다. 그녀는 여러 사람이 보는 앞에서 그 옷을 입어 보았다. 그녀가 거울에 비친 자신의 날씬한 몸매를 비추다가, 자신의 허리를 살짝 흔들자, 다른 손님들의 시선을 끌었다.

그녀가 한번 웃어 보이자, 그 웃음은 연꽃처럼 아주 매혹적이었다. 그는 자신이 만든 옷이 그녀에게 꼭 맞자, 그녀를 한 번 쳐다보았다. 그러나 다행스럽게도 그녀는 그걸 눈치채지 못했다.

"선생님 명성은 듣던 대로이군요. 그럼, 안녕히 계세요!" 그녀는 작별하면서 다시 한번 고개를 들어 보였다.

'무슨 의미인가?' 그는 생각에 잠겼다...

그가 어느 날 무도회에 갔다가, 우연히 그날 그녀도 그곳에 와 있었다.

"우리 춤 한번 춰도 될까요?" 그는 용기를 내 그녀에게 말을 걸어 보았다.

"고마워요. 저는 오늘 여기 처음이에요. 선생님은 여기 자주

오나요?”

　“아니요. 저도 오늘 처음입니다.” 그는 낮은 목소리로 말했다. 그들이 서로 처음임에도 불구하고 아주 잘 어울렸다.

　“아가씬, 무슨 일 하세요?” 그가 물었다.

　“저는 직공이예요.” 그녀가 대답했다.

　그렇게 서로 알고 지내게 되었다. 그것이 우연인가, 운명인가?

　세월은 빨리 흘러, 벌써 반년이 다 지났다. 그들은 이제 서로 다정한 사이가 되었다.

　“어떤 옷이 좋아요?” 그들은 이제 함께 옷가게를 둘러보게 되어, 그가 물었다.

　“저어, 내가 한번 당신이 입은 모습을 볼까요?” 그는 계단에 멈춰 서, 그녀를 마치 귀한 예술 작품인 듯이 바라보며 말했다.

　“어서 가요. 다른 사람이 보고 있어요. 이젠 되었지요?” 그녀는 눈을 살짝 흘기며, 나지막한 목소리로 불평했다. 그는 미안한 듯이 그녀를 쳐다보았다.

　그는 이제 의상실로 되돌아와, 그녀에게 맞는 옷을 한 벌 만들었다.

　그렇게 만들어진 옷을 그녀가 입어 보자, 그녀는 훨씬 아름다워 보였다. 심지어 달력 속 미모의 모델들보다 더 아름다워 보였다...

　아름다움을 사랑하고 삶을 더욱 아름답게 꾸미는 일은 젊은 세대의 특징이다.

　‘그런데, 그녀는 왜 그 옷을 입지 않는 것일까? 다른 사람들이 그녀의 새 옷을 두고 뭐라 했을까? 아닐 거야. 그런데, 왜 오늘 밤 만나자는 내 제안을 거절했을까? 그녀는 그런 여자인가? 아마도...’

"에이...참." 그는 낮게 한숨지었다. 품질 좋은 옷감을 1만 미터나 짠 기록을 가진 유능 직공인 그녀와, 모델 의상을 전문으로 만드는 디자이너인 그 청년은 이 도시에서 모두 유명인이었다.

그녀가 모란꽃이라면, 그는 그런 꽃을 더욱 아름답게 만드는 모란 잎이다.

그런데 오늘 그녀는...

그는 그녀를 잠시 잊으려고 텔레비전을 켰다. 즐겁고 활기찬 음악이 울려 퍼지는 가운데, 비로드 커튼이 천천히 걷혀 올라가고, 아나운서가 말을 시작했다.

"의상 발표회를 지금 시작되겠습니다. 맨 먼저 소개하는 이는 야오 릴리 씨입니다. 그녀의 의상 번호는 110번입니다."

"뭐야? 오늘 밤 그녀가 모델로 나오다니? 그녀가, 다른 사람들이 하기를 꺼리는, 자신의 몸매를 대중 앞에 흔들며 다니니...." 그는 불쾌하게 여기며 몸을 부르르 떨었다.

그녀가 무대에 올라섰다. 그녀 움직임은 우아하고, 표정도 마음에 들었다. 그녀가 미소를 지으며, 무대에서 이리저리로 왔다 갔다 하면서, 얼굴에 보조개까지 띤 표정은 진지함과 매력으로 가득 찼다.

그는 몇 걸음 뒤로 물러나, 텔레비전에 초점을 맞추었다. '아, 그런데, 저 옷은, 그녀가 입은 저 옷은...'

아나운서가 말을 이어갔다. "이 모델의 의상을 만드는 이는 아름다운 삶을 만들어 갑니다... 110번 의상 출품자는 츠언 신 씨입니다."

그의 양볼이 붉게 빛나기 시작했다.

그는 부끄러워하는가? 양심의 가책을 받고 있는가? 그는 분간을 못하고 있다. 그에겐 여러 생각이 떠올랐다.

그래, 그것이 그의 작품이다. 그가 도안하고, 재단하고, 재봉한 것이다.

그는 갑자기 받은 감동으로 온몸을 떨었다.

그는 출입문을 박차고, 의상 발표회가 열리는 극장으로 달려갔다.

텔레비전을 끄지도 않은 채.

ZHUANG ZHIMING

Diskreta postulo pri promenado

Kiam li absorbiĝis de literatura verkado, li plene sin donis al la skribotablo. Ĉiutage, reveninte de la elementa lernejo, kie li laboras, li tuj sin fermis en la malgranda ĉambro de 8 kvadrataj metroj kaj skribis ĝis noktomezo.

Iun ĉarman lunan nokton, la edzino venis kun la filo en la brakoj kaj diris al la edzo: "Ming, ĉu ni iru promeni?"

Li levis la kapon kaj renkontis la esperplenan rigardon de la edzino. Li meditis momenton, skuis la kapon kaj diris kun bedaŭro: "Ni promenu post mia finskribo."

Sed la filo ne konsentis kaj etendis la manon por kapti la paperojn. Li delikatmove flankenpuŝis la manon de la filo kaj diris al li: "Nun mi estas skribanta longan historion, mi rakontos al vi post la fino, ĉu bone?" Sed la filo paŭte diris: "Ne, mi ne

volas, vi ĉiam skribas, mi volas, ke vi ludu kun mi!"
Tiam li nur povis rigardi al la edzino serĉante
helpon, kaj la edzino silente foriris kunportante la
filon.

Floris la persikarbo, pepadis orioloj kaj hirundoj,
sed la edzino ne petis lin promeni kune kun ŝi.

Disvolviĝis la lotusoj, ruĝiĝis la aceroj, kaj la
edzino ankoraŭ ne petis lin promeni kune kun ŝi.

Kiam neĝis, li finis la verkadon de longa romano
el tricent mil ideogramoj. Li poŝtsendis la
manuskripton kaj komencis skizi novan romanon.

Li pasigis tri monatojn en maltrankvilo, atendante
respondon de la redakcio. Sed neniu informo venis.
Li skribis por pridemandi la aferon, kaj post longa
tempo la redakcio respondis al li. Li malfermis la
leteron kaj estis peze frapita: en la letero oni diris,
ke la redakcio ne ricevis lian manuskripton. Ho ve,
li bedaŭregis, ke li sendis ĝin neregistrite. Li tute
deprimiĝis, kvazaŭ atakita de grava malsano. Li ĵuris
ne plu verki.

La edzino silente elprenis la stakon da
manuskriptaj paperoj. Ŝiaj okuloj brilis per firma
decido. "Mi transskribu ilin."

"Ili ja estas tro multaj. Malfacile!" la edzo ridetis
amare.

Ankaŭ la edzino instruis en elementa lernejo. La

vivo estis malluksa, kaj ŝi ofte sentis doloron ĉe la hepato, sed ŝi kaŝis tion al la edzo por ke li ne maltrankviliĝu pro ŝi. Nun ŝi instruis tage kaj transskribis senĉese hejme. Rimarkinte, ke la edzino maldikiĝis tagon post tago, li domaĝis kaj multfoje petis ŝin promeni ekstere, sed la edzino ĉiam fordankis skuante la kapon: "Ni havu tiun plezuron post la fino de la skribado!" Tamen la filo insistis: "Panjo, ni iru ludi!" Kisante la vangojn de la filo, ŝi karese diris: "Mia kara, mi estas okupata, iru ludi kune kun la patro." Do li pretigis por ŝi tason da sukerita akvo kaj senbrue eliris kune kun la filo.

Pasis unu jaro. Fininte la transskribadon de la longa romano, ŝi malsaniĝis pro troa laciĝo.

Post nelonge, li ricevis leteron de la redakcio: "Ni decidis eldoni la verkon de vi kaj via edzino. Bv. informi nin, kiajn postulojn vi havas." Ekstazita de la informo, li kuris en la hospitalon kaj informis la edzinon pri la ĝojiga afero. La edzino montris konsoliĝon. Kuŝante en la lito, ŝi legis la leteron de la redakcio. Subite ŝi kuntiris la brovojn kaj diris kun miro: "Kial ili menciis min?" Li klarigis kun rideto: "Ĉar vi faris grandan kontribuon, kaj la verko estas frukto de nia kunlaboro." La edzino diris al li sincere kaj serioze: "Vi tuj skribu al la eldonejo por klarigi la aferon, ke ĝi forstreku mian nomon!" Li hezitis, kaj la edzino sidiĝis sin levante en granda malfacilo kaj diris malpacience: "Mi skribu, se vi ne volas!"

"Do mi...mi skribu tuj." Rigardante al la pala vizaĝo de la edzino, li demandis gravmiene al ŝi: "La redakcio demandis, kiajn postulojn ni havas, do kion ni petu?"

Ridetante, ŝi diris ŝerce: "Demandu la filon!"

La filo, levante la vizaĝon, diris serioze: "Mi nur volas iri promeni kune kun la paĉjo kaj panjo."

La edzino murmure diris: "Ming, kiel arde mi deziras promeni kune kun vi..."

주앙 즈밍

산책에 대한 정중한 요구

문학 작품을 구상할 때, 밍 선생은 책상에서 글쓰기에만 열중하고, 꼼짝 않는다. 매일 그는 근무하는 학교에서 돌아오자마자, 2평 반 정도의 자신의 작은 방에 틀어박혀 한밤중까지 글만 써 내려 갔다.

매혹적인 달빛이 빛나는 어느 날 밤, 아내는 아이를 두 팔에 안고, 남편에게 말을 걸었다.

"여보, 우리 산책 한 번 하면 어떨까요?"

밍 선생이 고개를 들자, 간절한 눈길을 보내고 있는 아내를 보게 되었다. 그는 잠시 생각해 보다가, 고개를 내저으며, 아쉬운 듯이 말했다. "내가 작품을 끝내고 그때 가기로 해요."

그러나, 아들은 그 말에도 불구하고, 책상에 놓인 원고를 집으려고 손을 내뻗었다. 아버지는 그런 아들의 손을 옆으로 살짝 밀치며 말했다.

"아빠가 지금 긴 이야기를 쓰고 있어. 다 마치고, 너와 이야기하자꾸나."

그러나 아들은 여전히 어리광을 부리며 대답한다.

"싫어, 아빠는 항상 글만 쓰고 있구. 아빠, 내하고 놀아, 웅!" 그때 밍 선생은 아내에게 도움을 청하러 아내를 쳐다볼 뿐이었다. 그러자, 아내는 아들을 안고는 조용히 나간다.

복사꽃이 피고, 꾀꼬리와 제비가 노래하고 했지만, 아내는 이제 산책하러 가자고 제안하지 않는다. 연꽃이 만개하고, 단풍이 붉게 물들어도 아내는 같이 산책가자고 조르지 않는다.

눈이 내리자, 비로소 밍 선생은 30만 자가 넘는 소설을 완성했다. 그는 그 완성본을 우편으로 보내고는 다시 새로운 소설을 구상하기 시작했다.

밍 선생은 출판사로부터 회답을 기다리며, 불안하게 3개월을 보냈다. 그러나 아무 소식이 없었다. 그는 무슨 일이 있었는지 알아보려고 편지를 썼다. 그런 훨씬 뒤에야 출판사에서 회신이 왔다. 그는 편지를 받고 나서 큰 충격을 받았다. 출판사에서는 그의 원고를 받지 않았다는 것이다.

저런, 안타깝게도 그는 그 원고를 등기우편으로 발송하지 않았던 것이다. 그는 마치 중병이라도 걸린 듯이 괴로워했다. 그는 이제 더는 글을 쓰지 않기로 다짐했다.

아내가 조용히 이전의 원고 뭉치를 꺼냈다. 아내는 단호한 결심으로, 눈을 반짝이며 말했다. "제가 원고를 다시 옮겨 써 드리지요."

"그 원고는 너무 많아요. 어림없어요!" 남편은 씁쓸하게 웃었다.

아내 역시 초등학교 교사였다.

두 사람의 삶은 검소했고, 아내는 종종 자신의 간에 통증을 느꼈다. 그러나, 아내는 남편이 이 일로 걱정할까 봐, 그 사실을 숨겼다. 그럼에도 아내는 낮에는 학교에서 가르치고, 밤에는 남편 원고를 다시 옮겨 적었다.

아내가 나날이 쇠약해지는 것을 본 남편은 아내에게 산책갈 것을 여러 번 요청했지만, 아내는 항상 머리를 저으며 거절했다.

"이것 마친 뒤에 그런 기쁨을 누리지요!"

하지만, 아들이 고집을 부렸다. "엄마, 우리 놀러 가요!"

엄마는 그런 아들의 뺨을 비비며, 다정하게 말했다.

"아가야, 엄마가 바쁘단다. 아빠랑 같이 놀다 오렴."

그래서 남편은 아내를 위해 설탕물을 한 잔 타 놓고, 조용히 아들과 함께 밖을 나섰다.

또 1년이 지났다. 마침내 아내가 남편 원고의 옮겨쓰기를 마무리하게 되었다. 그러나 아내는 그 피로로 인해 병을 얻게 되었다. 그래서 그녀는 입원했다.

얼마 후 남편은 그 출판사로부터 편지를 받았다.

"우리 출판사는 두 분이 준비해 준 원고를 출판하고자 합니다. 두 분의 의견과 요청을 들을 준비가 되어 있습니다."

남편이 그 편지를 읽고서, 그 감동으로, 병원으로 단숨에 달려가, 아내에게 그 소식을 전해 주었다.

그 소식에 아내는 위로를 받았다. 아내는 그 출판사에서 온 편지를 침대에 누워 읽어 보았다.

아내가 갑자기 인상을 찌푸리며 놀라면서 말했다.

"그분들이 왜 저를 포함해 말했나요? "

남편은 웃으며 설명해 주었다.

"당신이 아주 큰 수고를 하였기에. 그리고 그 작품은 우리 두 사람이 함께 애쓴 공동의 결과물이지요."

아내는 남편에게 진지하게 또 엄정하게 말했다.

"당신이 지금 그 출판사에 편지를 보내, 내 이름은 빼도록 해주세요!"

남편이 망설이자, 아내는 아주 힘들게 자리에서 일어나 앉으며, 정색을 하며 말했다.

"당신이 못하겠다면, 내가 해야겠어요!"

"알았어요...그럼, 내가 편지 보낼게요." 남편은 아내의 창백한 얼굴을 바라보며, 진지하게 물었다. "그 출판사에서 우리에게 요구사항이 뭔지 물어 왔는데, 뭐라 답할까요?"

아내는 미소를 지으며 농담을 했다.

"우리 아이에게 물어봐요!"

아들은 고개를 들어 진지한 어투로 말했다.

"난 엄마랑 아빠랑 산책하고 싶어요."

아내는 중얼대며 말했다.

"여보, 나도 정말 우리 아이와 함께 산책하고 싶어요."

LU CUN

Komplimentemo

Estis unua fojo por li paroli antaŭ tiel granda publiko. Li opiniis, ke lia parolado ne estis brila sed iom senorda. Tamen post la fino de la kunveno multaj iris al li por komplimenti:

"Kiel bone vi parolis!"

"Kiel trafe vi parolis kaj teorie kaj praktike!"

"Neniu antaŭe tiel bone parolis!

"Kiel penetrive..."

Ĉiuj komplimentantoj esperis, ke li rimarkos kaj memoros ilin.

Li konfuziĝis. Post la diplomitiĝo el supera lernejo li longe laboris kiel sekretario kaj neniu antaŭe tiel respekte traktis lin kiel nun. Antaŭ nelonge oni renovigis la gvidantaron de la buroo kaj li estis promociita vicestro de la buroo. Ĉiuj montris al li afablan rideton kaj volis alparoli lin. Obeemo kaj respekto, honoro kaj povo... ĉiuj tiuj estis kontentigaj por personoj en ofico de gvidanto. Tamen li sentis sin kvazaŭ falinta en nebulon...

Subite li ekmemoris, ke la teksto de lia parolado estis publikigita sur la murgazeto de la oficeja domo antaŭ duonjaro. Sed tiam kiu atentis la artikolon kaj faris komplimenton?

"Mi nur ripetis la antaŭajn opiniojn," li respondis.

"Volu ne esti tiel modesta."

Senfina komplimentado zumadis ĉe la oreloj kaj li laŭte diris en rimarkebla kolereto:

"Ĉesu, prefere montru viajn proponojn por la reformado de nia buroo."

Ĉiuj miris de lia subita koleriĝo kaj nur rigardis lin senvorte.

"Koleremo kreskas kun promociiĝo!" la komplimentantoj plendis post lia foriro.

루 쉰

찬사

그가 그렇게 수많은 사람 앞에서 연설하기는 이번이 처음이었다. 그는 자기 연설이 형편없고, 말이 앞뒤가 없다고 여기고 있었다. 하지만 모임이 끝나자, 많은 사람이 그의 연설을 칭찬하러 그에게 다가왔다.

"정말 훌륭한 연설이었어요."

"아주 적절하고 논리적 연설이었습니다."

"다른 사람들보다도 더 낫군요."

"마음에 쏙 들어오는 내용이었습니다..."

찬사를 하는 사람들은 모두 자신들을 주목해주길 바라고 있었다.

그는 당황했다. 대학원 졸업 후, 그는 오랫동안 서기로 일했지만, 아무도 지금 이 순간처럼 자신을 평가해 주진 않았다. 얼마 전, 그의 부서 관리자의 인사이동이 있었는데, 자신은 그 부서의 부국장으로 승진되었다. 모든 사람은 그에게 웃으면서 말을 걸려고 하였다.

복종, 존경, 영광 그리고 능력... 이 모든 것은 지도자에게 꼭 필요한 덕목이다. 하지만 그는 마치 자신이 구름 속에 떨어져 버린 것 같은 허망함을 느꼈다.

6개월 전, 사무실 벽보판에 그는 자신의 연설요지가 실렸던 적이 있었다.

'그러나, 그때 누가 그의 연설에 관심을 가지고 칭찬을 해 주었던가?'

"저는 다만 이전의 제 의견을 되풀이한 것에 불과합니다." 그는 대답하였다.

"그렇게 겸손하실 필요 없어요."

끊임없는 찬사가 이젠 시끄럽게 느껴져, 그는 다른 사람이 알 아차릴 정도로 큰소리로 화를 내며 말했다.

"관둬요. 그것 말고 우리 관청의 업무개선에 대한 의견이나 제출해 주세요."

다른 사람들은 그가 화를 내고 있음을 이상히 여기고는 모 두 말없이 쳐다볼 뿐이었다.

"승진하면 할수록 짜증도 늘어만 가네!"

그가 떠나가자 찬사를 보내며 남아 있던 사람들이 투덜대며 말했다.

JIA YIZHEN

Adaptiĝemo

"Ŝŝ — ! kuras diraĵo, ke nia vicsekciestro baldaŭ estos promociita al sekciestro!"

"O — aha — mi ja tion antaŭvidis. Kiu estas pli promociinda ol li, 30-jara universitata diplomito, kuraĝa en penso kaj kariero?"

* * *

"Ŝŝ — la plej freŝa informo: la promocio de nia vicsekciestro estis malaprobita!"

"Ĉu? mi ja tion antaŭvidis! Kian kontribuon li faris, ke li, novico laborinta nur kelke da jaroj ĉe ni, alte tronu super nia kapo kaj ordonaĉu al ni? Li, elmontriĝema, elpensadas metodojn por senĉese intensigi nian laboron. Ĉu ni povus havi la tempon por spiri, se li estus nia sekciestro?"

* * *

"Ŝŝ! Konfirmita informo: Nia vicsekciestro estas promociita al vicburoestro!"

"O — aha, mi ja tion antaŭvidis! Superhoma geniulo li estas! Dum multaj jaroj nia sekcio estis sendisciplina kaj multaj ĉiam malfrue venis al laboro. Dank" al lia reglamenta kontrola metodo, nia sekcio tiel ŝanĝiĝis, ke neniu malfruis kaj ĉiuj laboras plenenergie. Se mi estus gvidanto, multe pli frue mi promocius lin al buroestro!"

민첩한 대응

"쉬-잇! 우리 부서 대리가 과장으로 승진한대!"

"아, 그-래. 나도 그 점을 벌써 알고 있었지. 발상이 대담하고, 경력도 있고, 나이가 서른 살이 된 대졸자인데, 그를 제쳐두고 누가 승진해?"

*

"쉬-잇, 가장 빠른 소식. 우리 대리가 승진에서 떨어졌다지."

"그래? 그것도 난 예상했지! 우리 곁에서 일한 지 몇 년 되었다고, 그런 풋내기가, 우리 머리 위에 군림하고, 우리에게 명령이나 내리는 주제에 그가 무슨 공로를 쌓았겠어? 드러내길 좋아하는 성미인 그 대리가 언제나 우리에게 일만 많이 시킬 궁리만 하지. 만약 그가 과장이 된다면, 우리가 어디 숨 쉴 곳이 있겠어?"

*

"쉬-잇! 확실한 소식. 우리 대리가 차장으로 승진했대!"

"오-그렇구나. 난 진작 그걸 예상했지! 그분은 정말 초인 같

아. 우리 부서는 지난 몇 년간 얼마나 규율도 없이 제멋대로였어. 사람들이 늦게 출근하기 일쑤지. 하지만 그분이 규정한 관리방식이 있었기에, 우리 부서는 아무도 지각하지 않았고, 모두 최선을 다해 일하게 되었지. 그렇게 달라지게 해 놓았지. 만일 내가 지도자 같으면, 그분을 더욱 빨리 승진시켜 부장으로 했을 걸!"

Subkomprenaĵo

La oficejestro de fabriko estis aparte komplezema al sia nova fabrikestro.

"Fabrikestro, bonvolu lavi al vi la vizaĝon..."

"Mi ne bezonas."

"Fabrikestro, bonvolu fumi cigaredon..."

"Mi ne fumas."

"Fabrikestro, bonvolu trinki teon..."

"Mi ne soifas."

La oficejestro malgajiĝis pro la konduto de la fabrikestro; sed la lasta kun brilantaj okuloj ridetis senparole.

"Pro kio vi ridas?" la oficejestro konfuzite kuntiris siajn brovojn.

"Mi ridas, ke via nuna aspekto estas multe pli bela ol la antaŭa."

"Ĉu? ha ha... ha!" La oficejestro subite ĉesis ridi. Li cerbumadis, kio estas la subkomprenaĵo en la vortoj de la fabrikestro.

말속에 숨은 뜻

어느 공장의 사무소장이 새로 부임한 공장장에게 유달리 친절했다.

"공장장님, 세수하세요."

"그럴 필요 없네."

"공장장님, 담배 한 대 피워 보세요."

"담배 안 피우네."

"공장장님, 차 한잔하세요."

"목마르지 않네."

사무소장은 공장장의 그런 태도에 실망했다. 그러나 공장장은 반짝이는 눈매로 웃어 보였다.

"왜 웃어요?"

사무소장은 혼돈된 태도로 눈을 찌푸렸다.

"자네 지금 모습이 이전보다 훨씬 멋있어 웃었지."

"그런가요? 하하...하!"

그 사무소장은 갑자기 웃음을 멈추었다. 사무소장은 그 공장장이 한 말속에 무슨 뜻이 들어 있는지 곰곰이 생각하고 있었다.

JIN REN

Sur montvojeto

Tri homoj iris sur montvojeto gaje babilante.

"Instruistino, kiun filmon oni prezentos hodiaŭ?"

"«Vilaĝa Instruistino»".

"Ĉu estas la rakonto kiun vi iam rakontis al ni?"

"Jes."

La du infanoj manfrapadis pro ĝojo kaj kaptis po unu brakon de la instruistino.

"Instruistino, mi lernos pentradon," unu el la lernantoj diris.

"Kiu instruos vin?"

"Vi"

"Instruistino, mi lernos ludi violonon," la alia diris.

"Kiu instruos vin?"

"Vi! Vi instruu!"

Aŭdinte ilian parolon ŝi amare ekridetis kaj sentis doloreton en la koro. Ŝi ne kuraĝis konfesi, ke ŝi lernis nek pentradon nek violonludon, ĉar ŝi ne volis ĉagreni la infanojn. En la montvilaĝo estas nur lernejo kun unu klasĉambro, en kiu lernas infanoj de pluraj klasoj gvidataj de ŝi sola. Ŝi sentis sin tiel malgranda kiel paruo.

Babilante ili iris 4 kilometrojn kaj atingis la vilaĝon Lishuwan. Kiam finiĝis la filmo, estis jam tre malfrue. Ili rapide hejmeniris.

La montvojeto estis englutita de obskuro. La nigraj montoj ligiĝis unu kun alia; alttensiaj dratoj zumis obtuze; arboj susuris en la valo kaj velkaj herbofolioj ĉirkaŭ iliaj piedoj turniĝis pro vento.

La du infanoj kun streĉitaj okuloj rigardis antaŭen kaj timeme kaŝiĝis sub la brakoj de la instruistino. Antaŭe ili certe ne kuraĝis iri la montvojeton en nokto, sed nuntempe ili ambaŭ pensis: Mi ne timas, kial mi bezonas timi? La instruistino estas ĉe ni!

Ŝi klopodis teni sin aplomba por ke la lernantoj ne legu sur ŝi timon. Tamen ŝia koro batadis tiel forte, kvazaŭ ĝi elsaltus el la brusto pro timo kaj la ŝultroj ektremis pro frosto.

"Instruistino, ĉu vi timas?" mallaŭte demandis unu el la lernantoj.

"Mi..." Subite io ekflugis apud ili. Ŝi tuj alpremis la infanojn al si. Kvankam fortege batis la koro, tamen ŝi trankviligis ilin: "Ne timu, ne timu, tio estas fazano.”

La infanoj, kvazaŭ ŝafidoj, kaŝiĝis senmove en ŝiaj brakoj.

Post unu minuto ŝia korpo malsekiĝis de ŝvito. Ŝi malstreĉis siajn manojn sur la infanoj kaj plirapidigis la paŝadon. Post kelke da tempo la infanoj iom post iom trankviliĝis, sed ŝia koro ankoraŭ forte batis.

“Instruistino, vi estas tre kuraĝa,” la infanoj diris unu post la alia.

“Ĉu vi timis?”

“Iomete. Sed ne gravas, ĉar ni havas vin ĉe ni!”

“Jes, vi estas ĉe ni!”

Ili transgrimpis montokreston, trairis kelkajn valojn kaj vojon kun densaj arbaroj kaj poste iris malsupren de la monto.

“Instruistino, se poste oni refoje prezentos filmon, ni volas iri ankoraŭ kune kun vi.”

“Ĉu vere vi ne timas?”

“Ni neniom timas pro via ĉeesto.”

“Jes, pro via ĉeesto!”

Ŝi ne sciis, kial ŝiaj okuloj subite pleniĝis de larmoj.

산길에서

즐겁게 이야기를 나누며 세 사람이 산길을 걷고 있었다.

"선생님, 오늘 무슨 영화를 보나요?"

"〈시골 선생님〉이야."

"선생님이 전에 저희에게 말씀해 준 그 영화인가요?"

"그래."

두 아이는 기쁘게 손뼉을 치며 여선생님의 두 팔을 각각 잡았다.

"선생님, 전 그림을 배울 거예요." 그중 한 명이 말했다.

"누가 네게 그걸 가르쳐 주겠니?"

"바로 선생님이요."

"선생님, 저는 바이올린을 배울 것입니다." 다른 아이가 말했다.

"너는 누구에게서 배울래?"

"선생님에게서요. 선생님이 가르쳐 주셔야지요. '

그들의 말을 들은 여선생님은 쏩쓰레한 미소를 지으며 마음 속 작은 아픔을 느꼈다. 그 아이들이 실망하지 않게 하려고, 그

선생님은 자신이 그림 지도도 할 줄 모르고, 바이올린 연주법도 배우지 못했다고 고백할 용기가 나지 않았다.

산골 마을의 이 학교는 한 학급만 운영하고 있어, 그 여선생님이 여러 학년 학생들을 한 학급에서 지도하고 있었다. 그 선생님은 자신이 아무것도 할 줄 모르는, 아주 작은 박새처럼 왜소하게 느껴졌다.

그들은 얘기를 주고받으며, 4킬로미터를 걸어 리슈완 이라는 마을에 도착했다. 영화를 보고 나자, 이미 매우 늦은 시간이 되어, 그들은 서둘러 다시 자신의 마을로 되돌아 왔다.

산길은 완전히 어둠이 자리하고 있었다. 어두운 산들이 모두 한 덩어리가 되어 있었다. 고압 전선에서는 음울한 소리가 나고 있었다. 골짜기엔 나무들이 바람에 스치는 소리가 들려 왔고, 그들이 걸어가는 주변의 마른 풀잎들은 바람에 날리고 있었다.

두 아이는 바짝 긴장해 눈을 앞으로만 향하고 있었고, 무서워, 여선생님의 품속으로 숨어들었다. 이전에 그들은 밤에 산길 다닐 용기를 내지 못했지만, 지금 두 사람은 생각했다. "내가 뭘 두려워해? 우리 선생님이 옆에 계시는걸!"

여선생님은 자신이 두려워하고 있다는 것을 학생들이 눈치채지 못하도록 태연해 보이려고 애썼다. 그러나 여선생님의 심장은 마치 무서워 인해 가슴에서 심장이 튀어나올 것만 같았고, 어깨는 추위로 떨었다.

"선생님, 선생님도 추우세요?" 학생 중 한 명이 작은 소리로 물었다.

"나는…" 그때 갑자기 뭔가가 그들 옆에서 날아갔다. 선생님은 아이들을 얼른 자신의 품 안으로 끌어당겼다. 선생님의 심장은 아주 두근거렸으나, 아이들을 우선 진정시켰다.

‘무서워하지 마라. 괜찮아, 저건 꿩이야. “

어린 양처럼 그 아이들은 여선생님 품 안에서 꼼짝없이 숨어 있었다.

이제, 여선생님은 땀으로 흠뻑 젖었다. 여선생님은 아이들에게 뻗은 자신의 손을 거두고는 서둘러 걸어갔다. 시간이 흘러 아이들도 침착을 회복했지만, 선생님 심장은 여전히 강하게 뛰었다.

“선생님, 선생님은 아주 용감하세요.” 아이들은 차례로 말했다.

“너희들은 무서워?”

“조금요. 그렇지만 우린 괜찮아요. 선생님과 함께 있으니까요.”

“그래요, 선생님이 옆에 계시니까요.”

그들은 고개를 넘고 몇 개의 골짜기와 숲이 울창한 오솔길을 지나 산 아래로 마을로 내려왔다.

“선생님, 다음에 또 영화가 상영되면 저희는 선생님과 한 번 더 영화 보러 오고 싶어요.”

“너희는 정말 무섭지 않아?”

“저희는 선생님과 함께 있으면 전혀 무섭지 않아요.”

“네. 선생님만 계시면요.”

여선생님은 왜 자신의 눈에 갑자기 눈물이 고이는지 알 수 없었다.

MENG GUANGCHEN

Vendado de porkidoj

Kun 4 porkidoj sur la biciklo, Bofranjo Ba venis al la foiro de agrikulturaĵoj. Ŝin tuj ĉirkaŭis kelke da klientoj, inter kiuj troviĝis kalva maljunulo kaj du junuloj. Je la unua vido ŝi eksciis, ke ili estas porko-komercistoj.

La kalva maljunulo demandis:

"Kiom kostas la porkidoj?"

"1.2 juanoj por 0.5 kilogramoj."

Laŭ la averaĝa kurzo de la merkato porkidoj vendiĝas ĉ. 1 juanon por 0.5 kg. kaj nun ŝi altigis la prezon je 20 cendoj pli multe.

La kalva viro marĉandis: "Viaj porkidoj vere estas bonaj, sed la prezo estas tro alta."

"Neniu krimos pro marĉando," ŝi diris aplombe, sen rigardi al ili.

"70 cendoj por 0.5 kg., ĉu bone?"

"Eĉ unu cendon mi ne cedas," diris Bofranjo Ba,

trovinte, ke en la foiro ne estas dua porkidovendanto.

La klientoj foriris kapskuante.

Post kelka tempo venis maljuna porkidovendanto, Onklo Chang, kiu loĝas en la vilaĝo de ŝiaj gepatroj. Ankaŭ li venis bicikle kunportante 4 porkidojn. Apenaŭ li ĉesis bicikli, tiuj ĉi porkokomercistoj ĉirkaŭis lin.

"Kiom kostas viaj porkidoj?" demandis la sama kalva viro.

"Mi ne estas komercisto, kaj mi ne mensogas. Mi proponas 1 juanon por 0.5 kg.!" diris Onklo Chang malŝarĝante la biciklon.

"Ankaŭ ni ne damaĝas vin; ni proponas 70 cendojn por 0.5 kg. Se vi akceptos la prezon, ni aĉetos ĉiujn porkidojn."

"Ne," kapskuis Onklo Chang.

La kalva viro ŝajnis foriri, sed la du junuloj demandis: "Avĉjo, ni volas scii minimuman prezon de vi proponitan."

"Se vi tre volas aĉeti, mi povas malaltigi la prezon ĝis 95 cendoj. Kiel laŭ vi?"

"Nu, tio jam antaŭvidigos sukceson. Ni altigu ĝis 75 cendoj, ĉu bone?"

Onklo Chang skuis la kapon. La aĉetantoj tamen ne volis foriri kaj daŭre marĉandis. Post marĉandado la vendanto malaltigis la prezon ĝis 90 cendoj kaj la aĉetantoj altigis ĝis 80 cendoj. La diferenco inter la du proponitaj prezoj restis nur 10 cendoj. Se ili marĉandus per plia kompromiso, la negoco sukcesus. Sed tiu prezo minacis al Bofranjo Ba. Ŝi cerbumis kaj venis al ŝi ideo. Ŝi intervenis en ilian marĉandon je la 10 cendoj: "Ha! estas vi, Onklo Chang. Ankaŭ vi vendas porkidojn?"

Bofranjo Ba ŝajnigis kvazaŭ ŝi apenaŭ vidus lin.

"Kiom kostas viaj porkidoj?"

"Jen," Onklo Chang diris fingromontrante la aĉetantojn, "mi proponis unu juanon kaj poste malaltigis ĝis 90 cendoj, sed ili proponis 70 cendojn kaj poste altigis ĝis 80 cendoj."

Ŝi demandis la aĉetantojn: "Ĉu vi povus plu altigi?"

La kalva viro diris:, "Do, ni altigu lastfoje ĝis 85 cendoj, ĉu vi konsentos aŭ ne!

Ŝi turnis sin al Onklo Chang: "Ĉu vi povus malaltigi la prezon iomete plue?"

"Ne, eĉ unu cendon mi ne cedos," firme respondis Onklo Chang.

"Ĉu vi aĉetos, se la prezo estas 90 cendoj?"

"Ne!" Ankaŭ la aĉetantoj respondis per firma Voĉo.

"Onklo Chang, mi aĉetu viajn porkidojn laŭ via

prezo. Bonvolu pesi ilin."

La porko-komercistoj tre bedaŭris, ke la negoco sukcesis en alies mano, tamen nenion ili povis diri.

En la foiro nun ankoraŭ estis unu porkidovendanto, Bofranjo Ba. Post nelonge venis alia grupo da porko-komercistoj. Ŝi vendis la porkidojn ankoraŭ je la prezo de 1.2 juanoj por 0.5 kg. Post marcandado ŝi fine sukcesis forvendi ĉiujn porkidojn en la prezo de 1.10 juanoj por 0.5 kg. La apudaj vendantoj tre enviis, ke ŝi bone enspezis.

Post forvendo de la 4 porkidoj Onklo Chang pririgardis en la foiro, aĉetis sarkilon kaj reiris al sia hejmo. Kiam li estis hejme rakontanta al sia edzino pri vendado de la porkidoj, Bofranjo Ba paŝis en lian domon.

"Jen," donante al li monon ŝi ekparolis kun kalkulo, "viaj 4 porkidoj pezis entute 32 kg., mi vendis ilin en la prezo de 1.10 juanoj kontraŭ 0.5 kg., t.e. je 20 cendoj pli multe ol via prezo, do, mi devas redoni al vi 12.80 juanojn entute."

"Ĉu..." Onklo Chang etendis sian manon, sed hezitis akcepti la monon.

"Onklo Chang," ŝi klarigis, "kial vi ne atentis hodiaŭan kurzon?! Venis multe da porkokomercistoj, sed vendantoj estis neniu alia krom mi kaj vi. Se mi ne aĉetus la viajn, mi ne povus facile forvendi la miajn. Ne estas facile por ni bredi porkidojn, tial ni ne devas malprofiti nin!"

"Jes, jes..." Tenante la monon, Onklo Chang ne povis trovi konvenajn vortojn por esprimi sian dankon al ŝi.

새끼돼지를 팔 때

자전거 위에 세끼 돼지 4마리를 싣고 빠 누님이 농산물시장으로 왔다. 시장 사람들이 곧 누님을 에워싸자, 그 중엔 노인 한 사람과 청년 둘도 있었다. 그들을 본 누님은 이 사람들이 돼지상인임을 알아차렸다.

대머리인 노인이 물었다.

"이 새끼돼지들 얼마에 팔 거요?"

"500g당 1.2위안이지요."

이 시장의 보통 돼지 시세는 약 1위안인데, 누님은 20지아오[11]를 더 높이 불렀다.

그 대머리 노인은 흥정을 시도했다.

"돼지들은 잘 키웠는데, 값이 너무 비싸네요."

"흥정하는 것이 죄는 아니지요." 누님은 그들을 바라보지도 않은 채 말했다.

"70지아오에 합시다."

---

11) *지아오는 중국 화폐 위안(元)의 100분의 1에 해당하는 금액.

"단 한 푼도 못 깎아요." 누님은 이 시장에서 새끼돼지를 파는 사람이 자신 혼자뿐임을 알고는 그렇게 말했다.

그 사람은 고개를 내저으며 가버렸다.

조금 뒤, 누님의 부모가 사는 마을의 나이 많은 츠앙 아저씨가 돼지를 팔러 왔다. 그 아저씨도 새끼 4마리를 자전거에 싣고 왔다. 그가 자신의 자전거를 세우자, 돼지장사꾼들이 그를 에워쌌다.

"이 집 돼지는 얼마예요?" 그 대머리 노인이 다시 와서는 돼지 가격을 물었다.

"저는 장사꾼도 아니고, 거짓말도 못해요. 500g 당 1위안은 주셔야죠!" 츠앙 아저씨가 자전거에서 돼지들을 내리며 말했다.

"우리도 당신에게 손해를 입히고 싶진 않아요. 70지아오에 합시다. 그렇게 해주면, 당신 돼지 모두를 다 사지요."

"안돼요." 츠앙 아저씨는 고개를 내저었다.

그러자 그 노인은 흥정을 포기하였다. 이번엔 청년 두 사람이 물어 왔다. "아저씨, 그럼 얼마를 꼭 받아야 하나요?"

"자네들이 살려고 하면, 95지아오까진 받아야지. 어떤가?"

"그런가요. 그럼, 거래 가능성이 높아지네요. 저희가 75지아오까지 올려드리지요. 파시지요?"

츠앙 아저씨는 동의하지 않았다. 그럼에도 그 젊은 청년 장사꾼들은 자리를 떠나지 않고 계속 가격을 낮추려고 했다. 흥정이 계속되자, 팔고자 하는 이는 90지아오까지 낮추고, 사고자 하는 이는 80지아오까지 올렸다. 서로의 가격 차이가 이젠 10지아오 밖에 되지 않았다. 그들 사이에 더 절충하면 거래가 이루어질 것 같았다.

그런 가격에 거래가 성사되면, 빠 누님에겐 큰 타격이 될 것이다. 누님은 좋은 방법이 없을까 고민하다가, 한 가지 생각을 떠올렸다.

누님은 그 흥정을 앞두고 끼어들었다. "아, 츠앙 아저씨구나. 아저씨도 돼지 팔러 오셨나요?"

빠 누님은 이제야 츠앙 아저씨를 본 것처럼 행동했다.

"아저씨 돼지들은 얼마예요?"

"저어," 츠앙 아저씨는 사고자 하는 사람들을 가리키며 말했다. "내가 1위안을 말하였다가, 90지아오까지 내려갔고, 이 사람들은 70에서 시작해 지금은 80지아오까지 올렸다네."

누님은 그 사려는 사람들에게 물었다. "두 분은 값을 더 올려 드릴 수 있어요?"

그때 대머리 노인이 말했다. "그러면, 우린 최종 가격으로 85 지아오로 하지. 되었는가요?"

누님은 츠앙 아저씨에게 몸을 돌려 물었다. "아저씨는 값을 더 낮출 수 있나요?"

"안돼. 단 1지아오도 더 양보 못 해." 츠앙 아저씨는 단호하게 말했다.

"그럼, 여러분은 90지아오이면 구입하겠어요?"

'안 삽니다. 그 가격엔.' 돼지장사꾼들도 단호하게 말했다.

"그럼, 츠앙 아저씨, 제가 아저씨 돼지를 아저씨가 말한 값대로 사겠어요. 돼지 무게를 달아 봐요."

돼지를 살 장사꾼들은 거래가 다른 사람에게 넘어가자, 안타까웠지만, 아무 말을 더할 수 없었다.

이제 시장엔 새끼돼지를 팔려는 사람은 빠 누님밖에 없었다. 곧이어 다른 돼지상인들이 여럿 왔다. 누님은 여전히 500g 당 1.2위안에 사 가라고 제안했다. 결국 흥정을 통해 500g 당 1.1

위안에 모두 다 팔게 되었다.

누님 주변에 있던 사람들은 누님이 높은 가격에 거래를 성사시키자 매우 부러워했다.

돼지 4마리를 판 츠앙 아저씨는 시장을 둘러 보고는, 괭이 한 자루를 사고 자신의 집으로 돌아갔다.

그가 집에서 아내에게 새끼돼지 판 이야기를 하고 있을 때, 빠 누님이 그 집으로 들어섰다.

"여, 여기 있어요." 빠 누님은 돈을 내놓으며 말했다. "아저씨 돼지는 각각 32kg이었어요.

제가 500g당 1.1위안에 팔았으니, 아저씨 가격보다는 20지아오씩 더 받게 되었어요. 돼지당 12.8위안을 제가 쳐서 드리면 되겠지요? "

"그렇지만..." 츠앙 아저씨는 손을 내밀긴 했으나, 그 돈 받기는 좀 주저하였다.

"아저씨," 누님은 설명을 곁들였다. "왜 아저씨는 오늘 시세에 대해 알아보지 않았나요? 돼지를 사려는 장사치들은 많이 왔지만, 팔러 나온 사람은 아저씨와 저뿐이었어요. 제가 아저씨 돼지를 사들이지 않았다면, 저희집 돼지도 제값을 받지 못했을 거예요. 새끼 돼지 키우는 일이 쉽지 않지요. 우리가 손해는 보지 말아야지요!"

"하긴, 그래..."

그 돈을 받고서, 츠앙 아저씨는 그 누님에게 어떻게 고마움을 표현해야 할지 몰랐다.

LI ZHIJIE

Du etendiĝantaj versoj

"Fengzi!" Muslina pluva kurteno. Levante la kapon, ŝi ruĝiĝis.

"Ni iru," li petis.

Tuj sur la kvieta strato eksonis paŝoj de du homoj, unu aplomba, kaj la alia hezita.

"Fengzi!"

"Kio"

"Kial vi evitas min?"

"Malvere!"

"Ĉu vi memoras nian infanecon?"

"…Jes"

"Foje mi teruris vin."

Ŝi ekridis. Tiufoje li metis ranon en ŝian pupitron. Ŝi eksploris de teruro. Survoje al hejmo li kaptis ŝin je la harplektaĵo kaj minacis ŝin: "Mi malpermesas al vi gajni cent poentojn. Ĉu vi aŭdas?" Li gajnis 99 poentojn. Ŝi ne devis superi lin.

Ili sidis unu apud la alia ĉe la sama pupitro. Ŝi ignoris lian minacon. "Vi ĝisatendu la punon." Ŝi ektimis kaj atendis lian venĝon. Sed anstataŭ venĝo ŝi ĝisatendis lian noton de cent poentoj kaj ankaŭ sian noton de cent poentoj. La instruisto antaŭdiris, ke ambaŭ ili estas esperdonaj. Poste li sukcesis en ekzameno por supera lernejo; sed ŝi perdis la ŝancon viziti superan lernejon pro malsaniĝo de la patro. Post forpaso de la patro ŝi fariĝis laboristino. Se li ne iniciate telefonis al ŝi ke ŝi atendu lin post laboro, ŝi neniam alparolus lin. Antaŭe ŝi iom timis lin, kaj nun ŝi admiris lin. Kaj krome ŝi havis ankaŭ humiliĝon: Kial mi konsentis renkontiĝi kun li? Li estis diplomito de supera lernejo kaj nun fariĝis fabrikestro... kaj ŝi ne kuraĝis pensi plu...

"Ĉu malvarme?"

Ŝi skuis la kapon.

"Oni diris..."

"Kion?"

"Kial vi ĉiam evitas min?"

Fiksa rigardo. Silento. "Ĉit"... je frotbrueto eklumis fajrero. Leviĝis strio da fumo.

"Fumado malsanigas vin!"

"Dankon pro via atentigo," li ekridis.

Ankaŭ ŝi ridis, sed nerimarkite.

"Fengzi!"

"Kio?"

"..Ni iru!"

Ĉesis la pluvo. Sur la malseka strato restis du vicoj da piedsignoj. La malfortaj stratlampoj balanceti ĝis, kvazaŭ legante kaj gustumante la du intertirantajn kaj etendi ĝantajn versojn...

리 즈지에

뻗어가는 두 시 구절

"횡찍"
비단결 같은 가는 비가 내리고 있었다.
그녀가 고개를 들자, 얼굴은 붉어져 있었다.
"우리 갈까?" 그가 말했다.

곧이어 조용한 거리에 침착한 사람과 주저하는 사람이 걸어 가고 있었다.

"횡찍"
"왜?"
"왜 나를 피해?"
"그렇지 않아."
"우리 어린 시절을 기억하지?"
"...그럼."
"내가 너를 괴롭힌 적도 있었지."
그녀는 웃었다.

당시 그가 개구리를 잡아 와, 그녀 책상에 밀어 넣었다. 그녀
는 깜짝 놀라 울음을 터뜨렸다. 그는 하굣길에 그녀의 땋은 머
리를 당기면서 괴롭혔다.

"너는 100점 받지 마라, 알았지?"

그는 99점 받았다.

그녀가 그를 이기면 안 된다고 주장했다.

그 두 사람은 같은 책상에 앉아 공부했다.

그녀는 그의 위협을 무시했다.

"너는 벌 받을 때가 있을 거야."

그녀는 그가 어떻게 괴롭힐지 두려웠다.

기다렸다.

그녀는 괴롭힘보다는 그가 100점 받을 때를 기다리며, 자기도
100점을 획득했다.

선생님은 이 두 사람의 장래가 밝다고 격려해 주었다.

뒷날 그는 대학시험에 합격했지만, 여자 친구는 아버지가 편
찮아 대학 진학할 기회를 놓쳤다.

그 후, 그녀 아버지가 병으로 돌아가시고, 그녀는 노동자가
되었다.

그런데, 그가 그녀에게 전화해, 자신을 기다려 달라고 하지
않았다면, 그녀는 결코 그에게 말을 걸지 않았을지도 모른다.

전에는 그녀가 그를 만나는 것을 조금 부끄러워했어도, 지금
그녀는 그를 유능한 청년으로 여기고 있었다.

그 밖에도 그녀가 수줍음을 좀 탔다.

'내가 왜 그를 만나는 일에 동의했을까? 그는 대학을 졸업

해, 공장장을 하고 있는데...'
그리고 그녀는 더는 생각할 용기가 나지 않았다...
"춥지?"
그녀는 고개를 내저었다.
"사람들이 그러던데..."
"뭐라고?"
"왜 너는 항상 나를 피해?"
서로가 똑바로 쳐다본다.
침묵이 흐른다.

"찌-직..."
작은 마찰에 불꽃이 튀었다.
한 줄기 담배 연기가 올라갔다.
"담배 피우면 건강에 안 좋아."
"걱정해 줘 고맙네." 그가 웃었다.

"횡찍"
"왜?"
"...우리 가자."

비가 그쳤다.
젖은 길에 두 사람의 발자국이 남아 있다.

희미한 가로등이 마치 두 사람이 서로 당기고 펼치는 두 시
구절을 읊고 즐기는 것처럼 가볍게 흔들리고 있었다.

PENG JIZHONG

Filozofio de la patrino

"Kiu cedis al vi la ovojn? Redonu ilin! Ĉu vi ne havas okulojn? Ĉu la ovoj estas freŝaj? Mi ne kredas. Eble tiuj estas postrestaĵoj, kiujn neniu volas havi. Hm, antaŭ alies forlasitaĵo vi tamen montras dankan vizaĝon!"

Rigardante la ovojn en la korbo, la patrino insultis la patron.

"La sincereco de Onklino Luo estas evidanta."

"Ho vi, eĉ afablecon disde malico vi ne povas diferencigi. Vi vane vivis dekojn da jaroj!"

Malgraŭ la klarigo de la patro, la patrino iris al la Onklino Luo kunportante la korbon da ovoj.

"Ho Onklino Luo, ĵus antaŭe mi jam aĉetis kokovojn..."

Sed kiam ŝi rimarkis, ke ovoj en la korbo de Onklino Luo estis samgrandaj kiel la ŝiaj, ŝi trovis nenion por diri.

"Ha," Onklino Luo levis la kapon kaj diris, "mi pensis, ke via edzo estas malforta, kaj ovoj estas utilaj por lia sano. Sed se vi jam havas ovojn..."

"Onklino Luo, kiom kostas la ovoj?"

"Du juanoj kaj dek fenoj por kilogramo, tute ne alta prezo."

"Do mi restigu la ovojn por ke mia edzo havu ilin ĉe ĉiu manĝo."

Vidante, ke la patrino reportis la ovojn, la patro miris: "Kial vi ne redonis?"

"Lasu. Najbaro proksima pli taŭga ol parenco fora. Ni preferu iom malprofiti por ke la najbaroj vivu en harmonio."

La patrino intence tion diris antaŭ la filino Lingling.

Iun tagon post tio, dum preparado de vespermanĝo, Onklino Luo venis peti kelke da vino kiel spicaĵon por kuiri fiŝon.

"Vinon? bedaŭrinde, jam elĉerpiĝis."

Sed Lingling klare memoras, ke hejme estas vino. Ĉu la patrino forgesis? Ŝi do atentigis al la patrino: "Panjo, en la servicoŝranko estas vino."

"Ĉu vere?" la patrino ekridetis embarasite, strabis kolere al Lingling, prenis el la ŝranko malplenan vinbotelon, metis ĝin en la sunlumon kaj diris en bedaŭro:

"Ve, ŝia patro jam eltrinkis la vinon ĝis la fundo."

Post foriro de Onklino Luo, Lingling timeme demandis al la patrino:

"En la ŝranko ja estas botelo da vino, sed kial vi..."

La patrino ĵetis al ŝi koleran ekrigardon: "Stulta same kiel la patro! Mi jam diris, ke la vino elĉerpiĝis, kaj vi nur gardu vian langon post la dentoj. Se mi donus al ŝi, ŝi tamen ne dankos min rigardante min avara."

La filozofion de la patrino Lingling neniel povis kompreni.

"Lingling, plu ne embarasu vian patrinon."

Kiel nevidebla vipo, la averto skurĝis la koron de Lingling.

Momenton poste, Onklino Luo venis en forta maltrankvilo: "Fratino Liu, ĉu vi havas blankan medikamenton[12)]?"

"Por kio? Kian urĝan bezonon vi havas?"

"Iu falis sur la ŝtuparo kaj sangas!"

"Ho ve, terure! Kiu tiu estas?"

"En mallumo oni ne klare vidas."

Linglirig rimarkis prizorgon en la diro de la patrino kaj supozis, ke la patrino certe helpos per

---

la medikamento, kaj ekserĉis en tirkesto.

"Lingling, ne faru malordon. Ĉu ni havas tiun medikamenton?"

La malpermeso de la patrino konfuzis Lingling.

"Onklino Luo, ni havas nur merkurokromon, ĉu tio taŭgas?"

"Ne, tio ne helpas. Mi petu ĉe aliaj supre."

Riproĉite de la patrino, Lingling malgajiĝis kaj nerimarkite iris malsupren. Sube ĉe la komenco de la ŝtuparo, en la lumo de poŝlampo najbaroj de subaj etaĝoj estis helpantaj la falinton restariĝi kaj supreniri. Surprizite, Lingling kuregis hejmen kaj kriis:

"Panjo, elprenu la blankan medikamenton, vundiĝis la paĉjo!"

Plendo leviĝis el la koro de Lingling: "Panjo, vi avertas min, ke mi ne "embarasu' vin, kaj nun suferas la paĉjo!"

펑 지종

어머니의 철학

"누가 당신에게 그 달걀 바구니를 주었나요? 당장 돌려줘요!
당신은 눈도 없어요? 이 달걀이 어디 신선한가요. 못 믿겠어요.
그것 아무도 가져가지 않으려는 짜투리일거요. 흠, 다른 사람이
버린 것을 당신은 고마워하며 받았겠군요!"

바구니 속의 달걀을 바라보며 어머니는 아버지에게 모욕을
주었다.

'루어 아줌마는 분명 진실한 사람이요. "

"저런, 당신은 악의와 친절도 구분하지 못하는군요. 수십 년
을 당신은 헛살았어요."

아버지 설명에도 불구하고 어머니는 달걀 바구니를 들고 달
걀을 판 루어 아줌마에게 갔다.

"아, 루어 아줌마, 좀 전에 달걀을 사왔거던요..."

그러나 어머니는 루어 아줌마가 팔고 있는 다른 달걀 바구니
에도 어머니가 들고 있는 것과 같은 품질의 것임을 보고는 아
무 말을 더 못했다.

"그래요." 루어 아줌마는 고개를 들고는 말했다. "저는 댁

의 남편 분이 몸이 좀 허약하다는 생각이 들어서요. 달걀을 좀
드시면 좋아지지 않을까 해서요. 그런데 좀 전에 샀다 면야…"

"루어 아줌마, 이 달걀 얼마에요?"

"킬로그램당 2.1위안이에요. 비싸진 않아요."

"그럼, 그이의 식탁에 매일 달걀이 오를 수 있도록 해 보아
야겠군요."

어머니가 다시 달걀을 들고 온 것을 본 아버지는 어머니가
왜 그 달걀을 돌려주지 않았는지 궁금해했다.

"간섭하지 말아요. 멀리 있는 친척보다 이웃사촌이 더 좋다
고 하지 않아요? 이웃과 잘 지내려면 손해도 때론 보아도 되지
요."

딸 링링이 보는 앞에서, 어머니는 아버지께 의도적으로 말했다.

그 일이 있은 며칠 뒤, 우리가 저녁 준비를 하고 있는데, 루
어 아줌마가 생선요리에 쓰는 포도주를 좀 얻으러 왔다.

"포도주라고요? 미안해요. 이미 다 써버렸어요."

링링은 우리 집에 아직도 포도주가 아직 있음을 잘 알고 있
었다.

'엄마가 잊었을까?'

그래서 딸은 어머니에게 말해 주었다.

"엄마, 찬장 안에 포도주 있어요."

"그랬나?" 어머니는 당황해하며 겸연쩍게 웃었지만, 딸을
향해서는 화난 표정으로 눈을 흘겼다.

그리고 어머니는 찬장에서 병을 꺼내, 햇볕에 쬐어 보고는 아
쉽다는 듯이 말했다.

"안 되었군요. 이 아이 아빠가 벌써 바닥이 보일 정도로 마

서 버렸구나."

루어 아줌마가 돌아가자, 딸은 걱정이 되어 어머니에게 물었다.

"찬장 안에 포도주가 있던데요? 그런데, 왜?"

어머니는 화난 표정으로 쏘아보았다.

'너도 네 아빠처럼 어리석구나! 이미 포도주는 없다고 했잖아. 입을 좀 다물고 있어. 만약 그걸 꺼내 줘 봐라, 날 더러 욕심쟁이라고 하지, 그 아줌마가 고맙다고 하겠어. "

어머니의 철학을 딸은 전혀 이해하지 못했다.

"링링, 엄마를 더는 난처하게 만들지 마라."

보이지 않은 회초리처럼, 그 경고는 링링의 마음을 아프게 했다.

잠시 뒤, 루어 아줌마가 아주 급하게 뛰어들어 왔다.

"리우 언니, 백분 있어요?"

"어디 쓸려구요? 왜 그리 급해요?"

"누가 계단에서 넘어져 피를 흘리고 있어요."

"저런, 안 되었네요. 그 사람이 누구예요?"

"어두워서 자세히 못 봤어요."

링링은 어머니의 말 속에서 이번에는 어머니가 그 약을 분명히 내어 줄 줄 짐작하고는 그 약을 서랍에서 찾기 시작했다.

"링링, 어지럽혀 놓지 마. 약이 어디 있다구?"

어머니가 그렇게 약을 찾는 딸을 말리자, 딸은 어쩔 줄 몰랐다.

"루어 아줌마, 우린 머큐로크롬밖에 없는데, 이것으로 되겠어요?"

"아뇨. 그것으론 안 되겠어요. 다른 사람에게 부탁해 보지요."

어머니로부터 질책을 받은 링링은 시무룩해서 집 밖을 나와

서는, 묵묵히 아래로 내려 가보았다.

아래의 계단 입구에 이웃 사람들이 손전등을 켜고는, 쓰러진 사람을 부축해 위로 옮기고 있었다. 링링은 그 장면을 보고는 깜짝 놀라 집으로 내달렸다. 그리곤 외쳤다.

"엄마, 백분 어서 가져와요. 아빠가."

링링의 마음속에 불평이 생겼다.

"엄마는 나 보고는 난처하게 만들지 말라 했는데, 지금 다친 사람이 아빠예요!"

WU RUOZENG

Vana rearanĝo

Ke s-ro Zhang ĉiam plendis, tio ne estis lia kulpo, ĉar estis tro malgranda lia ĉambro kun areo de 10 kvadrataj metroj.

"Frato Ruozeng, pardonon, bonvolu sidiĝi sur skabelo. Rigardu, en mia ĉambro jam ne estas spaceto por unu seĝo."

Li prenis malgrandan faldskabelon el sub la lito kaj donis ĝin al mi, amare ridetante.

Metinte la skabelon ĉe muro, mi sidiĝis kaj pririgardis la ĉambreton plenokupitan de kelkaj necesaj mebloj, kiaj spegulŝranko, vestokesto, skribtablo, telermeblo kaj breto de lavkuvoj.

"Tiu ĉi skribtablo estas uzata de la tri membroj de mia familio. La loko, kie vi sidas, funkcias kiel gastsalono kaj manĝejo tage, kaj kiel biciklo-tenejo kaj necesejo nokte..."

Aŭskultante lin, ankaŭ mi amare ridis.

"Ĉu estas espereble, ke via oficejo ŝanĝos por vi pli grandan?"

"Ej, ne menciu tion. Pluraj en nia oficejo ne povas geedziĝi pro manko de loĝejo. Kompare kun ili, mia stato estas pli bona ol la ilia."

Silento.

Subite en mian kapon venis bona ideo. "Hej, faru malgrandan rearanĝon, ĉu bone?" mi proponis.

"Kio?"

"Vidu, la lito okupas la plej multan spacon en via ĉambro. Rearanĝu ĝin."

"Kien loki la liton? Ĉu pendigi ĝin sub la plafono?"

"Kiel oni povus tiel fari? Vidu, via lito metiĝas en maldeca loko, ke ĝi baras rigardon de la alvenanto kaj la ĉambro aspektas ne profunda. Se vi turnos la liton 90 gradojn kaj ofte lasos la pordon malfermita en varmetaj tagoj, vi sentos, ke la profundeco de la ĉambro povas ampleksi la trairejon ekster la pordo... Tia aranĝado sentigos al vi, ke la ĉambro estas multe pli vasta."

"Vere bona ideo!" subite radiis la okuloj de s-ro Zhang. "Ha, frato, vin helpas en tio via scio pri pentrarto."

...

Pasis unu monato. Mi refoje vizitis s-ron Zhang.

Mi trovis, ke li jam plenumis la malgrandan rearanĝon laŭ mia propono.

Sed...

"Ĉu vi vere sentas, ke mia ĉambro fariĝis iom pli vasta?" demandis min s-ro Zhang amare ridetante.

"Ve..." mi vespiris kun amara rideto.

Jes, la nova aranĝo de la lito ŝajne faris la ĉambron pli profunda. Sed sidante en la ĉambro, mi facile sentis sufokan premadon. La ĉambraĉo kvazaŭ volus premi min en longan strion.

"La ĉambro vere estas tro malgranda," diris li deprimite.

"Aha," subite en mian kapon venis alia ideo kaj mi denove konsilis al li, "ĉu vi volus fari refojan rearanĝon?"

"Kiamaniere?"

"Donu al mi mezurbendon."

Mi transprenis la mezurbendon kaj donis al li la alian ekstremon. Ni precize mezuris la ĉambron iom oblongan.

"Bone. Certe sukcesos ĉi-foja rearanĝo."

"Kio?" li apenaŭ montris interesiĝon.

"Vidu, via lito largas 150 centimetrojn, la tabulo por larĝigi la liton largas 30 centimetrojn (la tri membroj de lia familio ja dormas sur tiu larĝigita lito), la totala larĝo ĝuste egalas al la distanco de la pordkadro ĝis la muro. Ĉi-foje vi loku vian liton kaj ankaŭ aliajn meblojn laŭeble ĉe la pordo, Tiamaniere, sub la fenestro aperos pli granda libera spaco.

Loku vian skribtablon tie. Skribante, vi povos de tempo al tempo rigardi en la korton tra la fenestro. Tiamaniere, via vidkampo larĝiĝos, kaj vi povos imagi, ke la korto estas parto de via ĉambro...”

“Hm” li levis la ŝultrojn kaj ridetis kun dubo.

“Nu, vi provu.”

...

S-ro Zhang refoje akceptis mian entuziasman proponon, eble nur pro ĝentileco.

Sed...

Post kelka tempo, kiam mi refoje vizitis lin, mi vidis malesperigan dispozicion de la ĉambro.

“Lasu. Mi ne faros plu ian ajn rearanĝon,” senespere diris s-ro Zhang, rigardante al la sufoka amaso da mebloj tuj ĉe la pordo.

소용없는 정리

장은 그것이 자신의 잘못이 아니라고 늘 하소연하였다. 그 이유는 자신의 방은 3평 정도밖에 되지 않아 아주 작아 그렇다고 했다.

"르우어정 형, 미안하지만, 발판대 위에 앉아요. 어디 한 번 둘러봐요. 내 방엔 이젠 의자 하나도 더 넣을 공간이 없어요."

그는 침대 밑에 접어 두었던 작은 발판대를 꺼내, 나에게 앉으라고 권하며 쓸쓸한 미소를 지었다.

나는 벽 쪽으로 발판대를 놓고서 앉아, 방안의 경대, 옷장, 책상, 찬장, 세수대야 등을 올려 놓은 시렁과 같은 필수 가재도구들을 둘러 보았다.

"이 책상은 우리 가족 세 명이 같이 쓰고 있어요. 형이 앉은 곳이 낮에는 손님을 위한 자리가 되고, 식탁이 되기도 하고, 밤에는 자전거를 두는 곳이 되기도 하고, 화장실로 이용하기도 하지요..."

그의 말을 듣고 나서 나도 쓸쓸하게 웃었다.

"네 사무실을 네게 맞게 옮기면 되지 않나?"

“에이, 그런 말은 하지 마세요. 우리 사무실에 근무하는 몇 사람은 아직 주거할 공간을 찾지 못해 결혼도 미룬답니다. 그들에 비하면 나는 꽤 나은 편이네요.”

침묵이 흘렀다.

갑자기 내 머릿속에 좋은 생각이 떠올랐다. “어이, 방을 좀 정리해보면 어떨까?” 내가 제안해 보았다.

“어떻게요?”

“자, 봐. 저 침대가 방의 가장 넓은 공간을 차지하는군. 저걸 다시 배치해 보지.”

“어디에 두게요? 천장 밑에 매달아 둘까요?”

“그럴 순 없지! 자네 침대는 들어오는 사람의 시선을 막고, 방도 깊어 보이지 않게 해 두고 있어, 침대를 90도로 돌려 두면 날씨가 따뜻한 날에는 문을 활짝 열어 두고, 방이 깊어 보여 출입문 밖에서 들어오면 입구가 상당히 넓어 보여. 그렇게 재배치하면, 방이 훨씬 넓게 보여.”

“정말 좋은 생각이군요!” 갑자기 장의 표정이 밝아졌다. “아, 형은 미술 공부를 하였으니, 많은 도움이 되겠군요.”

....

한 달이 지났다. 나는 다시 장을 방문했다. 나는 그가 내가 제안한 방식대로 가구들을 일부 옮겨 놓았음을 알 수 있었다.

그러나....

“형은 내 방이 좀 넓어졌다고 생각하지 않아요?” 쓸쓸한 미소를 띠며 장은 내게 물었다.

“아니...”

나도 같은 미소를 지으며, 한숨을 내쉬었다.

　그랬다. 침대를 새로 배치하니, 방이 좀 넓어 보이긴 했다. 그러나, 그 방에 앉고 보니, 곧 숨이 막힐 것만 같았다. 그 방같지 않은 방이 나를 한쪽으로 밀치는 것 같았다.

　"방이 정말 작아요!" 그는 의기소침하며 말했다.

　"아, 참, 갑자기 난 또 다른 생각이 나네." 다시 그에게 제안해 보았다. "다시 한번 정리해보면 어떨까?"

　"어떻게요?"

　"어디 자를 나에게 한 번 줘 볼래?"

　나는 자를 받아서는 자의 한끝을 그에게 잡으라고 했다. 우리는 네모난 방을 정확하게 재어 보았다.

　"그래, 이번엔 성공할 거야."

　"어떻게요?" 그는 이제야 겨우 관심을 보인다.

　"자, 봐, 자네 침대는 150센티. 침대를 넓혀 주는 널빤지는 30센티(그의 가족 세 명이 그렇게 넓힌 침대에 함께 잔다.) 전체 길이가 문틀에서 벽까지의 거리와 같아. 이번엔 가능하면 자네 침대와 다른 가구들을 문 쪽으로 모두 붙여 두어 봐. 그러면, 창문 아래는 공간이 좀 생길 거야. 자, 책상은 저기 두면 되고, 너는 글을 쓰며, 때로는 창문 밖 마당을 둘러 볼 수 있으거야. 그러면, 시야가 확 트이고, 마당도 네 방의 일부처럼 여겨지지..."

　"흠!" 그는 어깨를 으쓱하며, 못 믿겠다는 듯이 미소를 지었다.

　"자, 그렇게 해봐."

　...

　장은 단지 친절함 때문에 나의 강력한 제안을 다시 받아 주었다.

그런데....

얼마 후 내가 다시 그의 집을 방문했을 때, 애석하게도 그 방의 배치가 엉망임을 알게 되었다.

"이젠 그만 내버려 둬요. 다시는 방 정리 못 하겠어요."

장은 바로 문 옆의 가구들이 숨 막힐 듯이 몰려 있는 상황을 보면서 실망스러운 듯이 말을 뱉었다.

HAN YINGSHAN

Dum paŭzo de akvoprovizo

En la antaŭurbo, intermiksiĝas loĝdomoj por urbanoj, vilaĝoj kaj kampoj. Regas kvieto. Tamen mi ne komprenas, kial en tiu loko ofte paŭzas akvo- kaj elektroprovizoj. Se okazas paŭzo de elektroprovizo, oni povas lumigi per kandeloj, sed la akvoproviza paŭzo multe ĝenas la loĝantojn, ĉar tiuokaze ili devas peti akvon en alies domoj, kaj por tio ili bezonas frapi alies pordon. Cetere ĉiu familio pagas laŭ la akvometro, tial oni kutime ne volas peti akvon ĉe loĝantoj en etaĝdomoj.

Iun tagon, la akvoprovizo en nia etaĝdomo interrompiĝis kaj oni diris, ke tio daŭros kelkajn tagojn laŭ la anonco de ĵurnalo. Post demando oni eksciis, ke ankaŭ la najbara etaĝdomo havas la saman sorton.

"Kion fari?" la loĝantoj eliris el sia domo kaj diris unu al alia: "Ho ve! Kie ni povas akiri akvon?"

"Ni povus nin prepari, se ni scius la interrompiĝon de akvoprovizo." "Mia bofilino akuŝis antaŭ nelonge," plendis iu avino, "kaj amaso da urintukoj atendas lavon."

"Ne estu maltrankvilaj, prenu akvon en nia vilaĝo," aŭdinte niajn plendojn maljunulo kun mallonga nigra barbo venis al ni kaj diris. "Vi iru kun akvoportiloj kaj sekvu min."

"Ŝajne mi ie vidis lin," tiel pensante mi sekvis lin kun plasta sitelo. Post mi iris vico da homoj — viroj kaj virinoj, infanoj kaj maljunuloj, iuj kun pelvoj, aliaj kun siteloj.

La maljunulo kondukis nin en grandan korton, kie troviĝas malnova domo kun vico da sunaj ĉambroj. Meze en la korto estas akvokrano. La maljunulo vokis nin meti ujojn sub la kranon kaj akvo baldaŭ plenigis ilin.

Ĉiuj sentis maltrankvilon, ke tiom da homoj iris preni akvon kaj la maljunulo devos pagi pli da mono pro tio. Ili do diris, ke ili volas pagi al li.

"Ne ĝenu vin," la maljunulo diris kun rideto, "ĉiu renkontos malfacilon, ĉu ne? Sed ĝi facile solviĝos per interhelpo..."

Tiam mi subite ekmemoris la okazaĵon antaŭ unu monato: Li iris kun sitelo al nia etaĝdomo por peti akvon ankaŭ pro ĉeso de akvoprovizo. Mi propraokule vidis, ke li petis helpon ĉe kelkaj hejmoj en la domo, sed ne sukcesis. Iu diris: "La akvometro malfunkcias!" Alia diris: "Akvoproviza interrompiĝo ankaŭ ĉe ni!"

Mi sciis, ke tiutage en nia domo ne ĉesis la akvoprovizo, sed kial mi ne bonvole donis al li helpon, ke li prenu akvon en mia hejmo? Ĉu pro apatio aŭ pro mia avaro?

"Superfluis," la maljunulo diris fingre montrante mian sitelon kaj vokis alian, "la sekvanta bonvolu preni akvon..."

La akvo kvazaŭ brila perla ĉeno, enfluis sitelojn kaj ankaŭ la koron de la akvopetantoj. Miaj vangoj varmiĝis kvazaŭ pro febrado.

한 잉산

단수

교외는 사람들이 거주하는 가옥들, 마을, 들판이 어울려 있다. 고요하다. 그러나 나는 이곳에서 왜 물이나 전기가 자주 나가는지 이해가 안 되었다. 전기가 나가면 사람들은 촛불을 켜면 되지만, 수돗물 공급이 중단되면 주민들은 아주 곤란을 겪는다. 그런 경우 주민들은 다른 주민의 집의 대문을 두들겨 그 집에 들어가서 그 집의 물을 얻어 와야 하기 때문이다.

더구나 가정마다 수도는 계량기에 표시된 사용용량에 따라 수도료를 내야 하기에, 대개 사람들은 고층 건물에 사는 사람들에겐 물을 좀 부탁하려 하지 않는다.

어느 날, 우리 고층 건물에 수도 공급이 중단되었고, 신문에서는 여러 날 이 지역에 단수가 계속될 것이라고 말하고 있었다. 그러니 이웃의 고층 건물도 마찬가지 사정이었다.

"어떡한담?" 그곳 주민들은 자신의 집에서 나와, 서로의 일을 걱정하고 있었다.

"이 일을 어쩌지! 어디서 물을 얻어 오지?"

"단수가 된다는 걸 미리 알았더라면, 준비라도 해 두었을 걸.”

“우리 며느리는 얼마 전 출산해,” 어떤 할머니는 하소연했다. “지금 빨아야 할 기저귀가 산더미같이 있는데.”

“너무 걱정하지 마시고, 우리 동네에 와, 물을 길어 가시오.” 그런 딱한 사정을 듣고 있던, 짧은 검은 콧수염의 한 노인이 우리를 향해 말했다.

“모두 물통을 들고 나를 따라오시오.”

“저 노인을 어디서 보았지?” 하며 나는 그 노인을 생각하며 플라스틱 물통을 들고 그 노인을 따라갔다. 내 뒤로 인파 -아저씨, 아주머니, 아이, 노인들 -가 있었는데, 어떤 사람은 물통을 어떤 사람은 물 대야를 들고서.

그 노인은 우리를 큰 마당으로 안내했는데, 그곳은 햇빛이 잘 드는 옛날식 집이었다. 그 집 마당 한가운데 수도꼭지가 보였다. 그 노인은 우리에게 그 수도가 있는 곳 아래 물통을 놓아 물을 받도록 해 주었고, 곧 물이 물통에 가득 찼다. 그러자, 우리 모두 이렇게 많은 사람이 와서 물을 길어가니, 이 노인댁에 수도요금이 많이 나올까 봐 걱정되었다.

“걱정들 놓으시오.” 그 노인은 웃으며 말했다. “누구에게나 어려움이 닥칠 수 있지요. 하지만 우리가 서로 돕는다면 쉽게 해결할 수도 있지요...”

그때 갑자기 나는 한 달 전의 일이 생각났다. 이 노인의 집도 단수가 되어 물을 얻으러 우리가 사는 건물로 온 적이 있었다. 나는 그 노인이 여러 집에 물을 요청했으나, 거절당하는 것을 내 눈으로 본 적이 있었다.

어떤 사람은 이런 말도 그 노인에게 하였다. ‘수도계량기가 고장났어요!’

또 다른 사람은 말했다. "우리도 단수네요!"

내가 알기로 그날 우리 건물은 단수가 아니었다.

'그런데도 나는 왜 우리 집에서 이 노인이 물을 길어가도록 하지 않았을까? 내가 너무 냉정한가, 아니면, 너무 욕심이 많은가?'

"자, 물이 넘치네요." 그 노인은 나의 물통을 가리키며 말했다. 그리고는 다른 사람을 향해 말했다.

"다음 사람...."

물은 마치 빛나는 진주 고리처럼 물통 안으로, 또 물을 구하러 온 사람들의 마음속으로 들어갔다.

내 뺨은 마치 열이 좀 난 것처럼 화끈거렸다.

역자 후기

이 책 텍스트는 『Speciala Premio』(중국세계어출판사, 북경, 1991년(에스페란토판)입니다. 중국어 고유명사의 우리말 표기는 '최영애-김용옥 표기법'을 따랐습니다.

이 작품은 제가 1993년경 번역과 무역업을 준비하면서, 에스페란티스토 공길윤(Junko) 씨와 함께 읽고, 나중에 이를 정리한 것입니다.

당시 사무실 컴퓨터를 통해 플로피 디스켓에 입력된 것을 잊고 있다가, 이를 다시 갈무리한 것이 지난 2003년 11월이었습니다. 한국에스페란토협회 부산경남지부장 이종현 선생님이 경영하시던 지산간호보건학원에서 그분 지도로 행정실장으로 일하던 때였습니다.

그 뒤, 저는 김정택 교수 덕분에 최성대 교수와 함께 거제대학교 초빙교수로 출강할 수 있었고, 그 출강은 13년간 이어졌습니다.

제게는 이 작품 『특별상(Speciala Premio)』 중에 〈추일리우강변에서〉, 〈종이 두루마리로 만든 문 커튼〉과 〈산책에 대한 정중한 요구〉가 번역하는 내내 감동이었습니다.

이 번역작품 표지는 제가 지난 2010년 8월 중국 산시성 타이유엔(太原)시 바이양슈자(白楊樹街)초등학교에서 열린 에스페란토 세미나에 참석했을 때, 그곳 '거리의 악사'를 찍은 자료입니다. 지금 다시 보아도, 그 악사의 민속악기 '얼후'(二胡, èrhú)를 연주하는, 진지한 모습의 음악적 감수성을 느낄 수 있습니다. 이 얼후는 몽골 사람들의 전통악기 호금(胡琴)의 한 종류로 8세기경 중국으로 전해져, 전통악기로 자리매김하였다고 합니다. 18~19세기 청나라 때까지 각종 음악과 경극의 반주로 사용되었다가, 1930년대 작곡가이자 바이올리니스트인 유천화(刘天华 1895~1932)에 의해 대대적인 개량을 거쳤다고 합니다.

음악을 사랑하고 평생 음악을 천직으로 여겼을 그 악사를 생각하며, 또 에스페란티스토도 그 악사처럼 언어에 대한 전문적 식견을 갖고, 묵묵히 자기 뜻을 펼쳐가는 이들이 아닌가 하는 생각에서 표지로 선정했습니다.

이 후기를 마무리하는 시점에, 중국 외교부는 11월 1일 홈페이지를 통해 "중국인과 외국인의 왕래 편의를 위해 무비자 정책 범위를 확대한다"며 "한국, 슬로바키아, 노르웨이, 핀란드, 아일랜드, 모나코 등 일반 여권 소지자에 대해 비자 면제 정책을 시행한다"고 밝혔습니다. 중국이 한국을 무비자 대상에 포함한 것은 이번이 처음입니다. 내년 연말까지 한시적이긴 하지만, 중국 방문이 다소 편리해, 중국을 이해하고 체험하고 교류할 수 있는 좋은 계기임은 틀림없습니다.

이 글이 갈무리된 것은 주변 에스페란티스토 여러분의 관심과 격려, 또 묵묵히 번역작업을 지켜보는 가족 덕분입니다.

다시 읽어봐도, 이 28편의 손안에 들어오는 이야기는, 오늘의 중국인 삶을 엿볼 수 있어, 일독을 권할 만합니다.

2024년 11월
옴브로 씀.